在莫奈花园的下午

ジヴェルニーの食卓

[日]原田舞叶_著
刘子倩_译

北京时代华文书局

图书在版编目（CIP）数据

在莫奈花园的下午 /（日）原田舞叶著；刘子倩译 .-- 北京：北京时代华文书局，2017.3
ISBN 978-7-5699-1382-8

Ⅰ. ①在　Ⅱ. ①原　②刘　Ⅲ. ①短篇小说－小说集－日本－现代
Ⅳ. ① I313.45

中国版本图书馆 CIP 数据核字（2017）第 013294 号
北京市版权著作权合同登记号 图字：01-2016-1905

在莫奈花园的下午
ZAI MONAI HUAYUAN DE XIAWU

著　　者 |［日］原田舞叶
译　　者 | 刘子倩

出 版 人 | 王训海
选题策划 | 高　磊
责任编辑 | 余　玲　徐　蕾
装帧设计 | 孙丽莉
责任印制 | 刘　银　訾　敬

出版发行 | 北京时代华文书局 http://www.bjsdsj.com.cn
北京市东城区安定门外大街 138 号皇城国际大厦 A 座 8 楼
邮编：100011　电话：010-64267955　64267677
印　　刷 | 北京画中画印刷有限公司　010-63706888
（如发现印装质量问题，请与印刷厂联系调换）
开　　本 | 880mm×1230mm　1/32　印　　张 | 6.5　字　　数 | 200 千字
版　　次 | 2017 年 7 月第 1 版　印　　次 | 2017 年 7 月第 1 次印刷
书　　号 | ISBN 978-7-5699-1382-8
定　　价 | 38.00 元

目　录
Contents

Henri·Matisse

美丽的坟墓

La belle tombe

如果马蒂斯死了，无法对他人倾诉的话语只能藏在心中。
不管怎么说，于我，只有马蒂斯。

——巴勃罗·毕加索

是吗，这段访谈会刊登在报纸上？那我该讲些什么才好？随便聊聊往事？这可是一个困难的题目。

话说，像我这样的人所讲的话，不知道能有多大的用处。对，我已经看过您寄来的电子邮件。是为了这次巴黎要举办的大型展览做相关采访吧？所以，我还以为会有美术馆的研究员来找我。对，他们说为了那个展览专刊要用的解说文章，想做个访谈，大概是去年或前年吧，有三个研究员一起来找过我。他们分别是巴黎大皇宫美术馆、伦敦泰特美术馆、还有纽约现代美术馆的人。据说他们正在策划三馆合办的展览。

奇怪，我明明记得那些美术馆的名称，怎么就是想不起研究员的姓名。当时我们相处愉快， 还一起吃了两次饭呢。啊，不过，那些美术馆，我一个都没去过。我在尼斯土生土长，从没离开过黄金海岸一带。所以，连巴黎都没有去过。更别说是什么纽约或伦敦了，我怎么可能会去嘛。

对了，您说您是哪家报纸来着的？《费加罗日报》？《世界报》？《解放报》？

噢，是《费加罗日报》啊。那就好。别看我这样，我可是看了贵社的报纸五十年喔。不，应该是五十二年吧。从十八岁的时候开始，我算算……果然是五十二年。对，我今年七十岁了。记得在第二次世界大战中，“解放巴黎”[1]的时候我才十一岁。我在篮子里装满艳红的天竺葵，一路跑到尼斯的名胜景点“英国人散步大道”，直接冲进欣喜若狂的群众中，到处洒花，弄得一阵大乱。啊呀，如此说来，那时我就已经看《费加罗日报》了呢。因为，我就是看报纸才得知那个世纪大新闻。

对了小姐，请问您多大年纪了？二十八岁？哎哟，那我跟您讲这种事，您一定一头雾水吧。那可是一场非常可怕的战争哟。

不过，当时年幼的我，不当一回事地以为战争的魔爪不至于伸向尼斯这种乡下地方。实际上，到了战争末期，黄金海岸也遭到轰炸。我们无处可以疏散，不知该逃往何处。不幸的是，我们居住的老公寓被炸毁，我的母亲因此丧命。我在十一岁那年成了战争孤儿，被送进孤儿院。

仔细想想，我们孤儿院的院长也是《费加罗日报》的忠实读者呢。无论是报纸或杂志，只要是我感兴趣的，院长通通都会让我看，

1 解放巴黎：第二次世界大战中，盟军从德军手中夺回巴黎的战斗。战斗自一九四四年八月十九日起，至八月二十五日德军投降为止。

是个大好人。

解放巴黎的新闻沸腾时，对我们而言却像遥远异国发生的事。巴黎市民勇敢与德军对抗，重新夺回巴黎云云，听来简直像是神话。不过，我那时一心只想扫除战争留下的乌云，于是再也按捺不住，与小伙伴一同将孤儿院窗口的天竺葵通通摘下，装满整个篮子。

战争结束后，我本以为父亲当然也会归来，我可以与他同住。是的，我父亲，是被派往诺曼底战役最前线的士兵之一。没想到，我收到的是一张纸——父亲的死亡通知书。

母亲生前，在战争期间总是像口头禅般挂在嘴上："你爸爸去长途旅行了，总有一天会回来。"我也希望是这样。所以，在父亲回来之前，我绝不哭。就连母亲过世时，我也只哭了一次，之后，就再也不曾哭哭啼啼。在爸爸回来之前我得忍住，只要爸爸回来就好了。就这样，日复一日，我活了下来。

如今父母都过世了，我已一无所有。

为了安慰我，院长提出了"你何不去念美术学校"这个我压根没想过的建议。

小姐，您小的时候，一定也有一两桩和其他小朋友比起来稍微拿手的本领吧？ 于我，那就是绘画。不过，其实只是一点小聪明罢了。您也知道的，小时候班上总会有那么一个擅长涂鸦的孩子嘛。我就是那种小孩。

小时候我很爱涂涂画画，我会在路上拿粉笔涂鸦，也会在本子上画母亲的脸与花。还曾孩子气地梦想过，将来长大要当画家。我用铅笔在包装纸上拚命描摹教科书上的《蒙娜丽莎》，但是一点也不像，还被父母笑了一场。

不过，我是真的很喜欢画——无论是作画，或是看画。

院长很了解我的能力，他说会设法替我筹措学费，叫我一定要去就读。但是，我拒绝了。

没错，那的确是我的最爱，只要作画或看画册，便可忘记一切痛苦。但是，让院长那么辛苦，挪用孤儿院宝贵的资金，自己一个人去追求梦想？我实在做不到。

更重要的是，我知道自己不是巴勃罗·毕加索——也就是说，我并非天才。我知道就算我真的去学美术，当不成画家的机率显然更高。如今回想起来，真是太胆小了。当时，如果我能鼓起勇气去挑战，或许已走上截然不同的人生道路了。

见我拒绝提议，院长满怀关爱地紧紧抱了我一下。

“去你该去的地方吧。去你最想去的地方。”

院长说。

于是，我在中学毕业后，开始做女佣。那是我母亲直到临死前都还在做的工作。

想必您也知道，黄金海岸住了许多有钱人，气派的高级别墅也多得数不清。战后，有钱人很快就从疏散地点回来。所以，要找工作并不困难。

我起初服务的对象，是住在高级住宅区西米耶（Cimiez）的有钱银行家。但是，那家的男主人对我毛手毛脚，我只好在事情没有变得更奇怪之前赶紧辞职。那是个小地方，主人与女佣之间一旦发生什么事，立刻会闹得人尽皆知，恐怕再也找不到下一份工作。我虽年轻，但可并不傻。只要替主人生下孩子，便可以情妇的身份让他养一辈子？我并没有那种旧时代的想法。

没了工作，又不能回孤儿院，我顿时走投无路。幸运的是，院长打听到，有一位同样住在西米耶的中年妇人，正在找“多少懂一点艺术的女佣”，于是替我争取到这份工作。

那栋宅子有广阔的庭院，巨大的木兰树凛然而立。那里，成了决定我人生的新职场。

是啊。名字不便公开，姑且就称她为“木兰夫人”吧。

我不知道已故的男主人生前从事哪一行，但木兰夫人的名下，拥有庞大的财产与惊人的美术收藏品。

夫人总是大方地花钱。她会向“Celine”或“Hermès”订制特地从巴黎送过来的皮草或皮包。另外，夫人也喜欢收集艺术品。她热爱我不太懂的前卫派绘画，壁炉上方，总是轮番以奇妙的画作装饰。在更换那些画作时提供意见，也是我的重要任务。好像就是为了那个，她才会特别要求找一个“多少懂一点艺术的女佣”。

少女时代真心爱过的事物，不管到几岁都恒久不变呢。幸好，夫人愿意充分利用我的能力。从更换墙上的画作，到关于收藏品的种种作业，她都会吩咐我去做。

大抵上，每个月总有一两次，会有卡车来到大宅前。只见两个男人合力把大木箱搬进客厅，木箱里装的当然是画。算准作品抵达的时刻，经常出入大宅的画廊老板也会赶到。有时是尼斯的画廊老板，有时是巴黎的画廊老板。就连纽约的画廊老板，也经常上门哟。

男人们满头大汗，用螺丝起子小心卸下巨大木箱上牢牢锁紧的螺丝，进行拆封作业。旁观那项作业，真的很有意思。这次会是什么样的画从箱中出现呢？简直就像魔术表演揭开序幕。等画作终于现身后，两个男人将画自木箱中抬出，先给夫人与画廊老板检视。我会用银托盘送上应景的粉红色香槟。夫人与画廊老板举杯互敬，仔细打量作品。

“不错。这位画家相当有潜力。他叫什么名字？”

夫人会这样问画廊老板。

“杰克逊·波洛克[2]。您自己选的，都不记得了吗？”

画廊老板苦笑。

2 杰克逊·波洛克（Jackson Pollock，一九一二至一九五六），美国著名画家，抽象表现主义代表画家。

“那是因为你赞不绝口，大力推荐。你可是比谁都擅长挖掘新秀，在巴黎也是出了名的。”

那位画廊老板，从纽约一再来到大宅给夫人看画作的照片，极力劝说：“这位画家很棒。将来一定会升值。我保证。”但他显然不敢相信，夫人真的会买下这种看起来就像把浓稠的颜料胡乱洒满整张画布的作品。

“玛丽亚。你认为呢？”

夫人总是坏心眼地这么问我。她还说，女佣看了觉得有趣的东西，一定人人看了都会觉得有趣。

我只能心虚地以一声“唔”答复。对呀，您想想看嘛，杰克逊·波洛克？在那时候，根本没有任何法国人认识他。现在他的作品当然是像珍宝一样坐镇蓬皮杜艺术中心的收藏厅，但在当时，就算再怎么热爱艺术，看到堆满泥泞颜料的画面，有谁会说“哇，太精彩”了？

不过，我还是拚命动用空空如也的脑袋，勉强回答：

“很有律动感。强烈的旋律，就像爵士。”才怪。

我只是把所见所想，直接说出口罢了。纯粹是为了对远道而来的美国画廊老板表达敬意，所以才说出爵士这种陌生的音乐名称。可是——

“你看吧。我不是讲过了？玛丽亚可是很有眼光的。”

夫人如此表示，对我做出过高的评价。

“玛丽亚，这幅波洛克，与上次刚买的乔治・马蒂厄[3]，你看应该挂哪一幅才好？” 我很想说，干脆把一直束之高阁的皮耶尔・夏凡纳[4]的画作挂出来吧。

对了，说到高阁，大宅有一间气派的收藏室，比我住的房间还要大。在那里，我也负责将作品分类与管理。其实是很简单的工作，只要制作作品名称的卷标与列表，掸一掸画框上的灰尘。如今想来，那样的举动简直令人毛骨悚然——我居然不当回事地拿着鸡毛掸子，在夏加尔与毕加索的大作表面掸来掸去。

不过，不知不觉中，我对艺术作品自然心存敬畏。若是换作三流画家的廉价大甩卖作品，肯定不会让我产生那种心情吧。夫人的慧眼、环绕在她身边精明的画廊老板，以及战后起飞的经济与时代……种种原因相辅相成，令大宅搜集了数量惊人的超一流作品。能够置身其中，对于没有任何知识也能直接接触画作的我而言，如今想来，的确是非常幸运。

3 乔治・马蒂厄（Georges Victor Mathieu，一九二一至二〇一二），抒情抽象（Lyrical Abstraction）派的创始人，打破传统具象绘画的藩篱，开创全新的抽象路线。

4 皮耶・皮维・德・夏凡纳（Pierre Puvis de Chavannes，一八二四至一八九八），十九世纪法国画家，也是国家美术协会（Société Nationale des Beaux-Arts）的共同创办人与主席，影响了许多的画家。

我就这样生活在足以与稍具规模的美术馆匹敌、令人难以置信的宝物堆中。世间还有比这更幸福的状况吗？每次确认自己所在的场所，我总会怀着一种惶恐有加的心情如此暗想。

蓦然回神，我已经要迎接二十一岁的夏天。

有一天，夫人吩咐我做一件小事。回想起来，就是那不值一提的小差事，改变了我的命运。

活到这把年纪，我开始觉得，人生，或许就是由一连串这种事情组成的。也许就是偶然的邂逅、微不足道的小事、无关紧要的事物一再累积，操纵着命运这辆车子的方向盘。

那天，夫人叫我去庭院剪几朵正在绽放的木兰花。

大宅的院子里一年四季都有各色花卉怒放，但是除了玫瑰，夫人一向很少从院子里剪花。我搬出梯子架在树上，拿着大剪刀，挑选雪白硕大、而且正含苞待放的花朵，一朵、两朵、三朵地剪下。

在我挑选花瓶打算摆放在客厅之际，夫人过来了，

“不是的。那个，是要送给别人的。”

她说。

然后，她在自己的名片背面用钢笔“唰唰唰”地写下了什么，“把这个跟花束一起，替我送给住在女王饭店（Regina）三楼的人。”

我拿到的名片上，写着虽然极短，却色彩鲜明如在眼前的话语。至今，我仍清楚记得。

给敬爱的马蒂斯先生
这花为了被您画下，今年也开了。

在看到名字的瞬间，我暗吃一惊。

亨利·马蒂斯。

当时，夫人的收藏品都是由我一一贴上作品名称与画家名字的标签，所以那是什么样的画家，我早已了如指掌。

在夫人的收藏中，有好几件明亮、耀眼、华丽、出自亨利·马蒂斯之手的尼斯窗边风景画。夫人对马蒂斯的作品格外重视。每当有特别的客人来访时，她总会叫我取出一幅马蒂斯的画，挂在壁炉上方。当时，马蒂斯已是全国知名的大师，所以客人一眼就能认出他的手笔，当下全都目不转睛。如果那些人来自巴黎、纽约及远方，而且是从寒冷的北方来的话就更不用说了。马蒂斯笔下南方蔚蓝的天空、丰沛的水量、彷佛正散发芬芳的明媚花朵，都令人心醉神迷，只能“哎呀哎呀”地发出感叹，完全不知该说什么赞美之辞才好。由此可见，他描绘的城市风景、室内景象、静物、女性，无不令观者醉心。

我甚至知道，他就住在此地专心创作。但是，我不知道他是住在高级饭店式公寓“女王饭店”。那栋公寓，从大宅这边步行即可抵达。

我来到大宅帮佣已有四年。这段时间，我接触到许多作品，有时也会接待一些前来拜访夫人的年轻艺术家。其中，也有现在名气已大得惊人的艺术家。不过，尼斯居民人人都想一睹卢山真面目的艺术家亨利·马蒂斯，倒还没在大宅出现过。

然而，现在夫人突然说要把木兰花束送给那位大画家，还附上如此风雅的赠言。

我勉强安抚快要蹦出来的心脏，把玻璃纸包裹的白色木兰花抱在怀里，前往女王饭店。

在柜台报上先生与夫人的名字时，我的声音还在发抖。柜台服务人员立刻拨打内线电话。在那一刻，其实我已经失望了。一定会是马蒂斯先生的秘书或女佣下楼来拿花，然后立刻匆匆走掉。我忽然很想哭。拜托，请让我亲手把这束花交给大师！我的脑海中蓦然闪过自己如此哀求的模样。

不料，挂上电话后，服务人员亲切地笑着对我说道：

“请你直接送去三楼的房间好吗？是马蒂斯先生要求的。”

我踩着一级又一级铺着厚厚地毯的楼梯上去。我不知到底是什么引起大艺术家的好奇。服务人员在电话中只提到了夫人的名字与送花束的事。如此说来，应是那二者之一勾起了亨利·马蒂斯的兴趣。

夫人与他的关系，清清楚楚，就是收藏家与艺术家的关系，仅此而已。但是，或许是因为我太年轻，总忍不住猜测他们还有没有更进一步的什么暧昧。但纵使真有什么，那又怎样？难不成我送的白木兰，还能变成红玫瑰？

即便如此，当时的我，还是深深盼望二人有什么特别的关系。

若真是如此，我觉得，自己似乎也会发生什么奇遇。

柜台人员说，请你敲三楼中央的那扇门。我踩着地毯无声前进，对着正中央那扇雪白的房门，乖乖敲了两下。脚步声“喀喀”接近，厚重的门扉缓缓开启。一位金发美妇出现，“日安。”她向我打招呼。

“请进。”

这位是马蒂斯夫人吗？看起来好年轻啊，我一边暗想，一边惶恐地走进屋内。下一瞬间，您猜我看到什么？

至今我仍清楚记得……彷佛现在，仍历历在目。小姐，您知道吗？在我看来，宛如置身在那光中。

对，光——就是光。充斥整个房间的光。

在尼斯土生土长的我，照理说眼睛应该早已习惯明亮的日光。可是，那一刹那，我彷佛有生以来头一次曝露在阳光下。

然后，我眯起眼，仔细打量——最后，我终于理解了那光线的来源。

整片地板上，散布着各种色纸，就像南国的鲜花随意撒落一地。那片碎纸花海，反射窗口照入的阳光，令室内每个角落都充满日光。

就像“嗤嗤”冒泡的香槟酒杯杯底。就像果实熟透迸裂弹落的石榴。

荡漾的芬芳，丰饶的滋味。

那是洋溢生命喜悦的，耀眼的房间。

我迟疑着不敢进去。一瞬间，我觉得自己就像异物。裹着笨重的大衣，走进初夏的日光中会有种格格不入之感。我伫立在敞开的房门附近，一动也不敢动。

“你怎么了？”

金发妇人问，然后，恍然大悟地“啊”了一声。

“是这些色纸啊。对，小心点，千万不要踩到。它们将会变成老师的作品。”

然后，妇人像是示范似地，以轻盈的步伐在五颜六色的纸片之间穿梭，遁入隔壁房间。

我就像有生以来第一次被带到水边的小孩，满心激动，战战兢兢，同时，还怀有按捺不住的兴奋，朝着屋里，一步，两步，小心翼翼地走进去。走到房间中央后，我把头这么一转……

眼前，如假包换，正是亨利·马蒂斯的画室。墙上贴了好几幅色纸做成的拼贴画，那些色彩令室内看起来更加明亮。对面的墙上，是极为简单的线条——跳跃的人体，以及巨大浑圆的鸭蛋脸，并排浮现在白得耀眼的纸面上。壁炉上方，有几幅笔触熟悉的油画。包括他描绘尼斯风景的自然画作，以及应该是其他画家所画的彩色风景画。

我就像是一个小女孩，突然被带去梦想已久的游乐园。这样说，您能理解我当时晕陶陶的心情吗？

突然间，刚才那位金发妇人悄无声息地自隔壁房间推着轮椅进来了。轮椅上坐的，是一位白胡子修剪得很漂亮的绅士。银框眼镜的后方，深思熟虑的眼睛正定定直视着我。我一瞬间动弹不得。

这个人正是亨利・马蒂斯。

“从尼斯首屈一指的花园送花来的，就是你吗？”

那是宛如大提琴的音色，极有穿透力。被他这么一说，我连耳朵都顿时热了起来。

我微微屈起单膝行礼，自称是玛丽亚，很荣幸能见到大师。这些话，其实是含含糊糊在嘴里嗫嚅着的，因为我已经心慌意乱，不知该说什么才好。就算是见到伊夫・蒙当[5]，恐怕都不会有那么慌张。

马蒂斯先生隔着一段距离看我，不，正确说来是看我手里的那束木兰花。我站在那里已经傻了。本来赶紧把花交给金发妇人就可以交差告辞，但我的脚压根动不了。这时，先生低声对背后的妇人交代了几句话。妇人点点头，“小姐，请跟我来。”她催促我，然后留下先生，径自走进里屋。

我勉强迈出僵硬的双脚，经过轮椅旁，穿过里屋，步向厨房，仓皇追上金发妇人的背影。宽敞的厨房里有张圆桌，一位体型丰满的妇人正在削马铃薯皮。看到我后，她微微对我点头示意，然后继续专心削皮。金发妇人把圆桌旁边大木头柜子下方的门整个拉开，说出令人意外的话语。

5 伊夫・蒙当（Yves Montand，一九二一至一九九一），法国知名的演员兼歌手。

“来，不知哪个花瓶最适合那种花，你帮我选一个？”

我当下瞠目。

柜子里，大小、形状与颜色各有千秋的花瓶，简直令人眼花缭乱，就像凑在一起讲悄悄话似地肩并肩排排站。现在，居然叫我从这么多的花瓶中，只选出一只适合木兰花的瓶子。艺术家这种随性的作风，突然间撩动了我的内心。

我屏息凝神地注视。

蓦然间，藏在最后面的花瓶吸引了我的视线。是只翡翠色的花瓶。

“我可以拿起来看看吗？”

我略带顾忌，征求妇人的意见。“请便。”简短的回答自背后传来。

我把花束放到地上，伸出双手，取出那只花瓶。

花瓶是清新的淡绿色，上半部宛如鼓起胸膛的鸽子，下方像贵妇人的纤腰收束。瓶身没有花纹，如果插上木兰的大朵白花与发亮的叶子，看起来应该会像是一顶匀整又华丽的帽子。

“这个。”我几乎是毫不迟疑地说。

“很好。那么，插上花后，可以请你送去老师那里吗？”

看样子，事情越来越古怪了。但是，我还是依她所言，不，毋宁是欣然动手插花。翡翠色花瓶中插入三朵白花，啊呀这样不行，改为两朵后，还是不好看，最后我只插了一朵，再配上茂密的绿叶，用双手牢牢捧着，安静地回到画室。

画室中央，悄然无声地停放着轮椅。先生正灵活运用双臂，发出“沙沙沙”的脆响。细看之下，他右手拿剪刀，左手拿着眼熟的钴蓝色色纸，正在不停剪裁。

那是很不可思议的情景。彷佛自先生的手下争相涌现般蹦出蓝色的纸片，纸片很快掉落在地板，变成人或小鸟的形状。好一阵子，我就这么呆呆地，像在观赏魔术般，凝视轮椅上的背影。

“老师的面前不是有张桌子吗？请你把花瓶送到那里，放在桌上好吗？”

身后倏然响起妇人的低语，我吓得肩膀一抖。一瞬间，就连自己身在何处、正要做什么都迷糊了。由此可见，我是多么专注地在观看先生愉快地作业。

我一边小心避免踩到地上的碎纸，一边蹑足走向先生的眼前。然后，在靠近阳台的玻璃圆桌上，轻轻地——在不影响画家眺望远方水平线的视野范围内——放下花瓶。

霎时间，先生的手停下了，视线转向我这边。我立刻闪身避到一旁。

先生凝视花朵。不，与其说他在看花，可以感到他是在注视花朵蕴藏的生命，彷佛整个人化为眼睛。啊，不过话说回来，那是什么样的眼睛啊！

观看，这个行为，居然能够如此热切！如果他的视线前方站着我，我肯定会承受不住落荒而逃。那样的视线热浪，年轻如我绝不可能受得了。

“你为何会选择那个花瓶？”

漫长的沉默后，先生突然问道。

这个嘛……我一时词穷，但还是大声回答：

“如果把这种花插在这个花瓶里，我觉得您或许会坠入情网。”

脱口而出后，连自己也吓了一跳。

我居然说出那么奇怪的话！一定会被嘲笑。我满脸通红，畏畏缩缩地低下头。

然而先生露出从容不迫的微笑。然后，鼻子哼了一声，“莉迪亚，替我拿一张卡片过来。”他朝里屋扬声说。

被称为莉迪亚的金发妇人，立刻以托盘端着白色卡片与钢笔出现。她以熟练的动作，将托盘放在先生膝上。先生在打开的卡片上“唰唰”挥舞钢笔，写好放进白色的小信封后，伸舌舔了一下信封的三角形边缘，把信封牢牢封住，“这个给你。”说着，他把信封交给我。

“帮我交给夫人好吗？”

“好的，”我回答，恭敬接下信封。霎时，先生干燥的指尖，微微碰触我的指尖。我吓了一跳，像被烫到似地，立刻缩手。

先生微笑说：

“玛丽亚，你有一双很不错的眼睛。”

那令人想起大提琴的声调。

你有一双很不错的眼睛。

听起来，的确是这么说的。

我快步离开女王饭店。刚被解除魔法的我，依旧头晕眼花，无法挺直腰杆，彷佛在看什么不可思议的东西，一径望着自己的脚尖规律地右、左、右、左移动。

就在三十分钟前才刚走过的西米耶街道，路灯，行道树，房子的屋顶，窗口缤纷绽放的矮牵牛，照理说没有任何不同。可是，回大宅的路上，一切似乎都在发光。在我心中，突然冒出某种温暖事物的嫩芽。并且，预感它将会有惊人的成长。

回到大宅，我立刻将艺术家的亲笔信交给夫人。夫人当场拆封，一读之下，嘴角忽然露出笑意。然后，她将淘气的眼睛对着我，说道：

“真是的，你到底干了什么好事？”

我难掩困惑。难不成，花瓶的事，以及我那句冒犯之辞，惹恼了马蒂斯先生？他向夫人告状了？

或许是看我太紧张，夫人终于忍不住笑了出来。然后——

“啊，玛丽亚。虽然我不知道发生了什么事，但你抓住了艺术家的心。”

她非常愉快地如此说道。

我一头雾水，只能愕然发呆。夫人忍着笑意，把卡片递给我：“拿去，你自己看。”

卡片上，熟悉的字迹——和那跳跃的“Henri Matisse”签名一样的字迹，以蓝色墨水写成。

·

亲爱的夫人：

您送给我的，是木兰花（Magnolia），还是玛丽亚？

贪心的我，决定两者都要。

H.Matisse

就这样，我在夫人的安排下，结束了大宅的工作。

我去了女王饭店——亨利·马蒂斯的身边。

事后我才知道，马蒂斯先生决定让我过去帮佣的原因据说有两个。

其一，是我把木兰花在那花瓶中插得自然又好看。

事实上，他在一九四一年画的《静物：木兰花》，据说就是照着同样插有一朵木兰花的花瓶画成的。对，没错。就是现已成为蓬皮杜艺术中心馆藏品，以红色为基调的那幅美好的静物画。之前，我并未见过那幅作品。所以，真的是非常非常偶然的巧合。

在那幅作品中，插着木兰花的翡翠色花瓶后方，不是有橘色的锅子吗？巨大的圆口朝着观赏者这边。真的，艺术家的感性，实在太厉害了。木兰花与锅子，就连那样的搭配，都巧妙得令人觉得很美。无论再怎么阴郁的时代，至少在看画的那短暂的片刻，可以令人忘却一切，沉溺梦想。老师的画，有种消除疼痛的麻醉力量。

总而言之，我选中了与那幅作品中一样的花瓶，而且同样只插了一朵花，这小小的巧合令老师很开心。

那位金发妇人——曾经做过马蒂斯的模特儿，当时已成为老师助手的莉迪亚·德雷特斯卡亚告诉我，在老师创作《静物：木兰花》时，他在里昂因十二指肠癌开刀，其实正值最艰苦的时期。战争似乎也有长期化的迹象，没有任何好消息。就在那样的状况下，老师画出了那幅作品。

“举世艰难之际，画家能够做的，仅仅是表现和谐。如果能够表现出完美的和谐，那就是我的胜利。”

据说，老师如此表示。

正好在同一时期，那位巴勃罗·毕加索，好像采取了截然不同的方式。以那幅《格尔尼卡》痛批战争的艺术家，不可能对世界大战袖手旁观。很久以后，我曾在画册中还是哪里看到过。同样是在一九四一年，毕加索画了《有血肠的静物》。啊呀，您也知道？几乎堪称一片漆黑的室内，桌上，软趴趴地盘绕着一堆恶心的香肠……大菜刀重重放在一旁，从桌子拉开的抽屉，冷森森冒出宛如凶器的叉子。从那幅画便可一眼感到，毕加索是多么卯起劲来对抗战争。

莉迪亚曾经提过，老师从住院治疗的里昂回到尼斯后，巴勃罗·毕加索上门来拜访。老师曾经非常骄傲地给毕加索看过《静物：木兰花》。毕加索先生一直打从心底敬爱亨利·马蒂斯，所以笑咪咪地欣赏了那幅作品。但是，回程时，毕加索却向陪他一起拜访马蒂斯的女友——是的，对，就是法兰索娃·吉洛——抱怨，“那幅画的构图怪异，是很怪的画。”无论在战时还是与病魔对抗时，仍然可以一如既往，甚至画出更明媚、和谐作品的亨利·马蒂斯，好像被毕加索当成了怪物。据说当时法兰索娃好笑地对莉迪亚如此坦白。

哎呀，对不起，话题扯远了。还是言归正传吧。

选我当女佣的另一个理由。那是因为在第一次拜访时，先生问我，“你为何会选那个花瓶？”我一时调皮对先生说出了那句话：

“如果把这种花插在这个花瓶里，我觉得您或许会坠入情网。”

先生亲口告诉我，那句话很有意思。

在我服侍了一段时间后，某日，先生突然开口说道：

“玛丽亚，上次，你不是说我或许会坠入情网吗？对于插在花瓶里的木兰花。”

那种事我早就忘了，现在忽然又被提起，让我很难为情。

“当时是我说话太失礼了。因为您突然发问，我就脱口说出了心中想法。”

明知听起来像辩解，但我还是硬着头皮如此回答。

老师柔和地哼了一声，以那清亮如大提琴的嗓音说：

“真不可思议。我总在等待那一瞬间的事，好像被你看穿了。”

总在等待那一瞬间……那一见钟情的瞬间。

老师说，他会一见钟情。对于窗边的风景，那里伫立的女性，桌上放的橘子，自花瓶沉重垂首的绣球花。

他会定睛注视，并且等待。对，那一刻正如我所感到的——全身都化为眼睛，绷紧所有的神经。

然后，刹那之间，就爱上了那个对象，那个构图。

光线，色彩，形状，配置。要多么迅速、准确、并且用心地描摹，您能够理解吗？毕竟，那可是一见钟情耶啊！那种心情，那一瞬间，怎能就此错过。如果不当下捕捉，一分钟后世界已变了样。

就这样，他会在画布上以铅笔勾勒出那“一见钟情”，思考构图，仔细决定配色，然后缓慢、慎重地涂上颜料。彷佛是在孕育恋情，最后将其涂抹成永恒不变的爱情。

所以，完成的画作，就像老师与作画对象的幸福婚姻。

而我，似乎在不知不觉中，恍然大悟。

马蒂斯的眼，是恋爱中的女孩凑近凝视的镜子。

马蒂斯的心，是对着凝望的对象倾尽所有注入清水的水壶。

马蒂斯的手指，是弹出动人旋律的钢琴键盘。

他深爱这世间一切事物散发出的喜悦。

那，就是亨利·马蒂斯这位艺术家。

那是一九五四年六月的事。

我离开夫人的大宅，前往女王饭店。

夏季天空蔚蓝无垠，几乎令人错以为是海洋。威力十足的太阳，从正面照着沿西米耶住宅区坡道走上来的我。但是，我的步伐轻盈得感觉不到炎热。如今想来就像是昨天发生的事。

从夫人的大宅搬到女王饭店的我，行李只有一只小旅行袋，里面装了三四件廉价的夏衣、内衣、以及一本画册。是在布鲁塞尔举办的“马蒂斯与毕加索”展览会的展出目录，是夫人当作临别纪念送给我的。夫人说，毕加索先生一定也常去马蒂斯先生的住处，所以叫我要好好学习。

然后，夫人又说：

明年夏天，必然也会赠送院子里的木兰花。所以，替我转告他，请多保重。

于我而言，自然无从得知夫人为何不自己去拜访马蒂斯先生。

或许在那之前的夏天，夫人都是亲自送去？抑或，夫人只是心血来潮，唯独在那个夏天派我去送花？我没机会发问，就这么离开大宅。

我所知道的，只有一件事。亨利·马蒂斯，在人生想必最痛苦的时期，画出了明媚绽放的木兰花，而夫人知道这件事。正因如此，才会送那种花吧。

在画家位于女王饭店的画室中，替马蒂斯先生服务的人，一同出来欢迎我。

助手莉迪亚，厨娘艾玛，夜间看护朱丽叶。

这三人，井井有条地携手支持老师的创作与生活。老师的家人据说也住在附近，但马蒂斯夫人体弱多病，虽然偶尔会出现，但似乎需要看护照顾。

老师当时已有八十四岁，不可能再以生龙活虎来形容他。那年罹患肠疾时，据说他曾向医生恳求：“我还有非做不可的工作。所以，至少请让我再多活三四年。”

他深爱这世间万物，这充满生命力的一切。

他不画悲伤，也不画痛苦与恐惧、沉重的人际关系、硝烟四起的战争和糜烂的社会。那样的东西，他绝对不画。

他只想不断描绘生命的喜悦。

即便病魔缠身，老师还是抱定决心。还早，现在还不能进坟墓。哪怕，那是多么美丽的坟墓。

之后，又过了十三年。

如其所言，老师活下来了。

他画了。一如自己所想，只画充满光明的世界。

对，我很幸福。能够在举世罕有的艺术家身边，在可以凝视他一切作为的近距离，找到自己的安身之处。

当时，老师已不再在画布上创作。他只是坐在轮椅上剪裁色纸，或是躺在床上，在长长的竹棒尖端绑上铅笔，伸长之后，在白石灰墙及天花板上画素描。

圣人，精灵，孙儿们的笑脸。他画下热闹、快乐、诚实的种种。

老师的枕畔放着各种夏季花卉。那种香气，随着微微的海风飘到邻室。

“喀喀喀”，响起铅笔划过石灰墙的声音。或者，是“沙沙沙”，剪刀开合的声音。我就坐在邻室门口附近的椅子上，竖起耳朵，聆听那细微的声音。

老师精力十足。在这一刻，这一瞬间，也正在凝视。正在运用那只手，那颗心。

今天，同样也有某种可喜的事物诞生。

对于自己能够陪在一旁目睹那瞬间的奇迹，我不得不心存感谢。

一九五四年，夏末。当时，我二十一岁。

与亨利·马蒂斯对绘画开窍的年纪，很偶然的同龄。

§　§　§

一开始，我就讲过了。

我这辈子，几乎没有离开过黄金海岸。

您想必要问我为什么吧。少女时代很贫穷，当了女佣后，又不能随便离开主人家。蓦然回神，已如您所见。我的膝盖长年有疾，现在，如果没有拐杖的话甚至无法去祷告。所以，小姐，您居住的巴黎，对我而言至今仍是梦幻之都。在这种时代，很不可思议吧？

拿来比较或许可笑，但亨利·马蒂斯与我正好相反，他一辈子都生活在迁徙中。

他生于法国北部小村，勒卡托—康布雷西（Le Cateau-cambrésis），辗转待过巴黎、科西嘉岛、南法的科利乌尔（Collioure）、德国的慕尼黑、马赛、伊西莱慕利诺（Issy-les-Moulineaux）以及尼斯，人生的每一阶段都在不停旅行，这点您想必也很清楚。

一九一七年，第一次世界大战末期，初次来到尼斯后，基本上他就过着夏天在巴黎，除此之外住在尼斯的生活。不过在那之后的三十五年中，他似乎也曾一再前往各地旅行。为了追求更强烈的光线去大溪地，为了看不同质地的光线去纽约，在举世罕有的大收藏家巴恩斯博士的委托下，去美国的费城创作壁画。但是最后，他还是会回到黄金海岸。

亨利·马蒂斯为何要过着那样不停迁徙的人生呢？日后，似乎有人做了种种研究，是啊，若容我以近身服务的立场提出意见，或许只能说，那是艺术家的天性。

我在老师身边，虽然只待了不到六个月，但他不断探求自己面对的事物，那种模样实在很真挚，令人兴味盎然。

老师总是张开好奇心的天线，寻求能够勾起自己兴趣、带来崭新兴奋的东西，以及在自己眼中看来美好的景色、人物、对象。所以，即便是我这样的不知名女孩，蓦然闯入老师的世界，插了一束木兰花就离开，或许也令他很高兴。彷佛小鸟被窗边玻璃反射的光线迷惑，不经意飞进屋内。他或许就是那样看待我吧。

体力许可的话，也许他会寻求新的好奇对象，去尚未去过的地方旅行。但是，在我服务时，他已离不开轮椅，那年夏天，除了去尼斯郊外避暑之外，老师几乎没有移动过。

即便如此，老师的视线，就像在花间飞来飞去的蝴蝶，对着成为他最终养老处的女王饭店屋内的小东西，以及窗外的辽阔天空与大海，寻找那光辉，一直在不停移动。

与亨利·马蒂斯相比，同时代的另一位天才画家，巴勃罗·毕加索，似乎在人生中就没有那么多的迁徙。

比马蒂斯晚生，也比马蒂斯晚死的毕加索先生，终生没去过纽约，没去过摩洛哥，当然也没去过大溪地。或许是因为他在很年轻时的冒险——从马德里前往巴黎，就已决定了人生。或者，对他来说，比起场所的移动，不停替换恋爱对象显然更刺激。

在老师身边的期间，我只有在女王饭店接待过毕加索先生一次，无从得知这位艺术巨人的秘密。当然，毕加索先生的种种人生经历，也是直到后来，我听别人叙述或看书才知道的。就像上次，来采访我的纽约现代美术馆的研究员——对，后来我才知道，那是全世界最有名的马蒂斯研究专家。他问我："凡斯（Vence）的别墅寝室，据说挂着毕加索画的《多拉·玛尔肖像》，尼斯的房子也有吗？"那种事，我怎么可能答得出来。

亨利·马蒂斯若是温和笼罩我一生的阳光，那么巴勃罗·毕加索就是天边瞬间划过的闪电。

要理解这二位差异之大就像冬日阳光与盛夏正午的艺术家，在超过半世纪的时光中培育出来的奇妙关系，我还嫌太无知太不成熟，更何况，那时我只是个每天光是照顾老师就已精疲力尽的黄毛丫头。

即便如此，如今我仍会想起，那年夏天，毕加索先生仅此一次的来访。

对巨匠们而言，我想必是微不足道的存在。既非大美人，也没有出众的才华。只有年轻，无条件地带来耀眼光芒，一个平凡的女佣。即便如此，还是对着憧憬的世界，毫不迟疑敞开窗子的女孩。

有幸目睹阳光与闪电交会的那一瞬间，令我永难忘怀。

回想那段夏末时光，至今仍会陷入不可思议的情绪。

就在笼罩缥缈雾气的夏日清晨。那淡淡的青色空气，霎时包围了我，把我带回五十年前的岁月。

当时，照顾老师的，连我在内共有四个女人。担任老师秘书与助手的，是莉迪亚。她生得美丽又聪明，是个细心周到的女性。哪怕再怎么琐碎的小事，在老师周遭都不会是偶然存在——教我这个的也是她。

去老师那里帮佣的头一天，莉迪亚立刻叫我打扫屋子。要把地板的每个角落都仔细地擦干净，桌子与柜子上方也得擦拭。不能扬起灰尘，所以要用略湿的抹布。擦拭桃花心木的家具要用干布。用品都得小心处理——到此为止，和任何有钱人家的豪宅一样。麻烦的是，放在地上的色纸，桌上的花瓶，插在瓶中沉重垂首的绣球花，壁炉上方随意摆放的橘子，翻开的书本，矿泉水的小瓶子，装了半杯水的玻璃杯，信封与拆信刀，这些小东西，全都有自己特定的位置。

“这个水壶的位置不对。”

清扫完后，莉迪亚在室内到处检查，对我说道。

“这样弯下腰，以老师轮椅的高度来看的话，水壶握把的位置看起来会与阳台的栏杆重叠。听懂了吗？清扫之前，你要仔细从轮椅的位置观察所有的东西。然后，好好想想那些东西为何会放在那样的位置，把位置记下来。”

从此，每当打扫时我会弯下腰，或者，搬一把高度与轮椅相近的椅子过来坐坐看，凝视眼前的物品为何会放在那个位置，学着去思考。

诚如莉迪亚所言，没有任何一项是偶然的产物。一切，都有它存在于此的理由。

垂头的绣球花，为了让红紫相间的花瓣均衡地重叠，选了一个适当高度的花瓶让花茎不会过度地弯曲。桌上的书本，在中央偏后的页数翻开，彷佛可以感受到阅读者依依不舍地往下读的那种热切。另一本书是合起的，似乎正在等待即将被翻开的瞬间。

杯中的水量，约在旁边小瓶子上“evian”这行单词的高度，水面平静无波。银色拆信刀的刀尖，正确指向翻开的书本右下角。刀刃倒映出装水的玻璃杯。

看起来似乎只是随意放在那里，然则那一切，都必须在老师的视野中化为绘画，化为故事。

我曾经听莉迪亚提过，直到我来上工的前一年，还与巴勃罗·毕加索及两个孩子一同生活的法兰索娃·吉洛，曾经抱怨毕加索把家里搞得乱七八糟。每次造访女王饭店，她总会感叹：“为何我家就不能变成这样呢？真想让亨利去我家作客，提供一点意见。”从那样的小地方也可看出二位大师的性格差异，令我感到很有趣。

一切事物，都在该在的地方保持原状。而且非这样不可。

彷佛窥见画家视线的秘密，每当我弯腰小心翼翼凝视那些东西时，我的心情总会格外雀跃。

那是亨利·马蒂斯的视线。那是美的灵光，是一见钟情的瞬间，我想。

除此之外，老师自己，以及照顾他的那些女性，长年以来形成的规矩，令老师的日常生活非常规律、平和，且舒适。

老师的一天，是从早上六点开始的。

在那之前，我们全体已就定位待命。莉迪亚在女王饭店内有她自己的房间，而我与厨娘艾玛，在徒步约需十五分钟的公寓共住一室。至于负责夜间照护的护士小姐朱丽叶，在协助老师洗脸更衣后，就与我们换班回家去了。

厨房里，艾玛已开始准备早餐。我把所有的百叶窗拉起，敞开窗户。每天早上，我最喜欢的就是那个瞬间。清新的空气一下子涌入室内，四处响起小鸟的啁啾声。现在固然也是如此，但清晨会格外令人感到住在黄金海岸真好，是非常丰饶的时光。

烤土司的香味飘来后，我就急忙去厨房，在托盘上放上麻布餐巾、面包篮、刚煮好的咖啡与盛装热牛奶的小壶、大马克杯。把涂抹了大量奶油的土司以餐巾包妥，添上无花果果酱与蜂蜜，早餐就准备好了。把医生开的药包放在篮子旁边后，我两手端着大托盘，说声“早安，老师”，接着走进寝室。

老师在铺着雪白寝具的床上坐起上半身，背后垫着双重抱枕，正在悠闲地听收音机。“早安，玛丽亚。”他会看着我的脸，向我打招呼。“今天的天气如何？”

“晴空万里无云。今天想必也会很热。”

每天早上，我会先听完收音机的天气预报才去饭店。一边在心里盘算着，天气如果没有炎热到影响老师的身体那还好，万一太热，就得在适当的时机在阳台搭起遮阳篷。

换上清洁的白衬衫，把胡子刮干净，轻轻拍点须后水，老师虽已八十四岁高龄，仍是一位极有魅力的绅士。我迅速确认他的气色与声音，得知夜间没有任何变化，当下安心了。夜里一直有朱丽叶陪伴，应该不可能出什么状况。但是，我还是会忍不住想，真是太好了，老师今天也元气十足。

盖在老师膝上的浆挺被罩，布满可爱的罂粟花刺绣图案。那刺绣其实是有秘密的。以前老师很爱抽细长的雪茄，据说会在床上一边吃早餐一边抽烟。结果烟灰掉落在被子上烧出很多洞，女佣想缝补，老师却拜托她不要只是把洞补起来，最好刺绣成罂粟花的图案。以老师这样的身份地位，本来可以立刻换个新被套就好，但他却如此发挥幽默的功夫，让身边的用品得以被美好地使用，并且爱惜地使用很久。

照莉迪亚的说法，老师幼年是在贫困的家庭长大的，所以据说他自己曾亲口承认：其实我有点小气哦。

然而，真的吗？在我看来，倒觉得那是因为老师爱惜自己身边的小东西。

用过早餐后，要开始创作了。

趁着一天之中最有力量的晨光尚未远离屋内，老师坐轮椅来到画室中央，开始构思。

当时，老师正专心投入一件大工程。是美国的大富豪，尼尔森·洛克菲勒委托他替洛克菲勒教堂的玫瑰窗绘图。

像这种大型作品，巴恩斯基金会委托制作的壁画《舞蹈》是第一件，后来老师又参与了凡斯的玫瑰经教堂彩绘玻璃与壁画制作，不知不觉那已成为老师晚年的重要工作之一。之前他画的简单炭笔画，以及在房间墙壁用长竹棒的前端绑上铅笔画的素描，都是为这间洛克菲勒家族教堂做的事前准备工作。

小姐，您以前去过凡斯的玫瑰经教堂吗？哎呀，没有吗？那么，您的人生还有一个“神秘礼物”至今没有拆开呢。

如今研究进步，凡斯那间教堂已被公认为老师一生之中最重要且集大成的创作，老师有多么热爱南法的阳光，只要踏进那间教堂一步您就会明白。对，而且也会明白，无论什么样的人生都会有充满光明的瞬间。

二十一岁的我，关于凡斯的教堂已听过种种传闻，却从未去过。不过，透过老师正专心投入创作的洛克菲勒家族教堂——当时还是画在纸上的不透明水粉颜料——我已可以预感到，将会带给访客什么样的光明，以及种种启示。

老师坐在轮椅上，把前一天按照原尺寸大小画的草图——他在几张大张的纸上用铅笔画好再上色——让莉迪亚拿来，指示她按照前一天工作最后排列的顺序在地板上排好。老师就是这样检视形式与色彩的构成。

明亮、强烈、闪耀的色彩，充满力道的线条，顿时让地板上出现了玫瑰窗。老师耗费很长的时间，仔细望着地面。手扶着下巴，有时甚至几十分钟都没动过。起初，我以为老师睡着了，还偷偷过去观察，结果并不是。老师是在等待，自己与绘画缓慢地、完全合为一体的瞬间。

那是静谧的时光，却也是散发奇妙吸引力的时光。老师与作品，彻头彻尾合而为一。再也没有任何事物可以介入。莉迪亚，我，墙上挂的画，壁炉上面放的水果，绣球花，翻开的书本某一页，一切的一切都屏气凝神，默默守望这美妙的完全融合。

“莉迪亚，替我把红色拿来。”

过了几十分钟后，老师终于对坐在邻室门口附近待命的莉迪亚扬声说道。莉迪亚拿来涂了红色水彩颜料的色纸，走到老师的身旁。老师接下那张纸与剪刀后，沙沙沙地动手剪纸，一下子就剪出了似叶又似花的形状。

“把这个放在右边，从上面数来第二个。对，就是那上面。再下面一点……再右边一点。”

莉迪亚把剪下的色纸，依照老师的指示放在地面的玫瑰窗上。纸片被放到该放的位置后，老师又花了一段时间仔细检视。然后，画室再次陷入丰饶的寂静。

老师工作的期间，我不敢打扰，通常都在别的房间忙着打扫与洗衣。不过，无论在做什么我都可以感觉得到。

现在，画室正在进行的，是神圣的仪式，是在制作不久的将来，将会指引迷惘的某人步向光明的路标。我感受到那个奇迹。而且也预感到，那将是指明我自己人生方向的路标。

之后厨房会响起锅子“咕嘟咕嘟”沸腾的声音，飘出烤鸡与迷迭香的烘烤香味。上午的工作告一段落后，就是期盼中的午餐了。老师年纪虽大，午餐吃的份量却相当扎实。餐后，他会慢吞吞看报纸，移往床上。午后微醺的睡意，彷佛遮阳伞悄悄撑开般落下。

老师午休时，我们就在厨房吃午餐，小声地随意闲聊。这种聊天方式，真的很快乐。尤其是与莉迪亚的对话中，可以获得与老师不同方面的刺激，也为我日后的生活方式带来莫大影响。

长年与老师一起生活的莉迪亚非常博学多闻，她对亨利·马蒂斯的经历、作品、哲学、休闲嗜好全都如数家珍。如果她现在还活着，比起采访我这种人，她不知道能够给你们多大的帮助。

“凡斯的教堂计划，是老师以前的模特儿、现在已成为修女，作风有点奇特的某位女性上门委托的工作。”

一边喝着餐后茶，莉迪亚如此告诉我。

“十几年前做过老师模特儿的莫妮克·布尔乔瓦，后来成为修女，居中介绍了教堂的工作。多明我会的雷西杰修士，大概在七年前吧，成为修女的莫妮克带他来见老师。雷西杰为了新建的教堂，正在寻找前所未有的新型态宗教绘画。你想想看，说到教堂的圣像画，全都是老套古板到令人想逃的玩意对吧？能够让观者彷佛都笼罩在天堂的圣光中，那样的现代圣像画，或许才最适合南法风土。”

既抽象，同时也简单易懂，能够让观者与自己完全同化，就是那样的圣像画。莉迪亚详细描述老师那单纯到极限的形式中蕴藏强力美感的圣像画。

而最后——

“我认为，那件作品，老师是当作自己的坟墓在创作。”

她如此说道。

莉迪亚，艾玛，以及我，不禁都沉默了。我们不由自主地望着苍蝇停在我们喝光的汤盘上。

过了一会，莉迪亚出声说：

“哎呀，怎么搞的，你哭了？”

蓦然回神，我看到自己的汤盘边缘，正滴滴答答地接着我掉落的泪珠。

不知不觉我竟然哭了。泪水不断涌现，难以遏止。

“天啊，你看看这个小姑娘，只是想象老师进了坟墓就哭了。这也未免太性急了吧。你放心，老师也差不多该醒来了。好了，该去替他泡壶热红茶了。”

胖嘟嘟的艾玛开朗地大笑打圆场，让我松了一口气。“好了，工作工作！”艾玛与莉迪亚说着拍拍我的背。

之后，是忙碌的午后种种。要送红茶给睡醒的老师，帮忙准备下午的创作。老师又去画室研究玫瑰窗的构图时，我要去把晾晒的衣物收回来，用熨斗烫平，擦亮银制餐具，准备洗澡水。老师不吃晚餐，所以艾玛与我继续聊天，一边在厨房啃着夹了油渍沙丁鱼的面包与水煮蛋，就这样解决晚餐。

六点左右，朱丽叶来了，铺好床，把夜里要念给老师听的书拿给我看。是夏多布里昂[6]的《鲁内》（*René*）或路易·阿拉贡[7]的小说之类的。阿拉贡先生为了撰写老师的传记，曾经来过画室好几次。

朱丽叶帮着老师洗完澡后，我就去已经上床的老师那里道别。

“晚安，老师。”

老师与清晨醒来时一样，凝视我的双眼，“晚安，玛丽亚。”他说。“路上小心。谢谢你。”

6 夏多布里昂（François-René de Chateaubriand，一七六八至一八四八），法国作家，也是政治家、外交家。

7 路易·阿拉贡（Louis Aragon，一八九七至一九八二），法国诗人、小说家、编辑。

我在一瞬间望着他看似有点疲倦、但非常满足安祥的脸孔，然后离开寝室。

夜空中，宛如用光针戳出小孔的星子闪闪发亮。

“玛丽亚，你没有好对象吗？”

回公寓的路上，艾玛如此问道。“我才没有那种对象。”我干脆地回答。

“那怎么行。你现在正是青春好年华，怎么能继续当处女。小心会变成莉迪亚那样哟。”

她坏心眼地逗我。那最好，我求之不得。

“就算再怎么喜欢老师，毕竟身份不同。这点你可别忘了。”

她啰嗦地再次提醒我。我不禁恼羞成怒。

“没那回事。我很尊敬老师，但那和爱情不同。”

“那你今天干嘛要哭成那样？是因为你喜欢老师吧。甚至光是想象老师不在人世，就忍不住想哭。”

那是……我本想回嘴，终究沉默了。

的确，那与爱情不同。但是，与尊敬似乎也略有不同。该称之为更巨大的、更人性的感情吗？

亨利·马蒂斯，在那时，对我而言就等于是艺术本身。

我从小就一直喜欢绘画。父母过世后，那是我唯一的心灵寄托。我一心一意只想支持它、让它更繁盛。

但是，那时候，我还没有成熟到足以妥贴地表达自己内心乱七八糟的复杂感情。

“所谓的艺术家，到底是什么样的生物呢？”

埃玛惆怅地叹了一口气，径自说道。

“竟能在不知不觉中，擅自闯入别人的心里，占领别人的心。蓦然发现时，已经太迟了。莉迪亚、莫妮克·布尔乔瓦，还有你与我都是。我们都被占领了。被老师……被老师这样的艺术。”

我无法以言语贴切表达的纠结心情，埃玛却轻而易举地一语道出。或许是因为她身为厨娘，与莉迪亚一同长年陪伴艺术家生活的缘故吧。

其实我们都明白。包括莉迪亚、艾玛、朱丽叶，还有我。

老师，虽不明显，但的确已渐渐衰弱。他启程前往天国的日子，或许已经不远了。

但我只盼那一天，不会是今天。

莉迪亚、艾玛、朱丽叶，还有我，我们从不说出口。但我们都在心底悄悄祈求。

请保佑老师今天也健康。

请保佑他明天、后天、大后天也健康。

小姐，您说想知道亨利·马蒂斯与巴勃罗·毕加索的最后接触是吧？

从巴黎、伦敦和纽约来找我的那三人，也问过同样的问题。他们说，在这次的展览中，这两位本是宿敌的天才画家，是如何火花四射，又如何培育出温馨的友情，这种戏剧化的情节也颇受注目云云。他们还说会把二人的代表作、而且是明显可看出受到彼此影响的作品全都一网打尽，齐聚一堂展出。光是听到这里就令人兴奋不已了。

正如我刚才也提过的，一般而言，大家都认为马蒂斯与毕加索的个性正好相反。在莉迪亚的叙述中出现的毕加索——必须先声明，莉迪亚几乎都是从他的前女友法兰索娃·吉洛那里听来的——果然是个精力旺盛到堪称破坏性的巨人。在私生活方面，也贪婪地热爱女人，像小孩一样迷恋新发现，呕心沥血地投入创作。是啊，如果单就那部分大致听来，他的确与马蒂斯大不相同。毕加索若是海啸，马蒂斯就是水平线。马蒂斯若是秋天的高积云，毕加索就是夏天的积乱云。但是，那种洋溢大海的光辉，充斥天空的自由，无论哪一位艺术家都是同样的。

在我任职女王饭店时，毕加索先生住在坎城旁边的瓦罗利（Vallauris）这个陶艺盛行的小城。

马蒂斯专心投入凡斯教堂的创作时，迷上陶艺的毕加索，与年轻的情人法兰索娃·吉洛，带着她生的小孩，一同迁居那个小城。当时，毕加索已经六十六岁，在这个国家，不，在全世界都已经确立最有名的艺术家地位，得到了财富与名声、美丽的情人与可爱的孩子、陶艺这项崭新的表现手法，以及南法的太阳。这是何等幸福啊！

然而，这或许就是毕加索这种人的天性吧。自己打造的完美幸福，又被他亲手摧毁。建构之后又破坏，然后再建构，一再重演。无论是他与女人的关系、幸福、乃至艺术皆然。

我第一次，同时也是唯一一次见到他，是在一九五四年，当时与毕加索先生同居的，已不再是法兰索娃，而是另一名女性。她叫做贾克琳·洛克，据说也在陶艺工坊帮忙，是个黑发大眼的神秘女子。后来，她成了最后一任毕加索夫人。同样也是仅有一次，我亲眼见过她。关于那个，待会我再告诉您。

亨利·马蒂斯迎接人生中最重要的友人的那一天，回想起来如在昨日。

某天的午餐时间，客厅的电话响了。接电话是我的工作，因此我接起来说声“哈啰”，顿时传来女人的声音。

“这是巴勃罗·毕加索先生家。老师说，明天，想去拜访马蒂斯先生，不知方不方便？”

听到那个名字，我的心控制不住地剧烈跳动。我立刻向莉迪亚报告，转告正在用餐的老师后，得到的答复是一声“好”。我对着话筒，以雀跃的声音说：

“马蒂斯先生说，非常欢迎。不知毕加索先生几点来？”

“可以的话，老师说想共进午餐。”

我对站在旁边的莉迪亚小声说：午餐午餐。莉迪亚急忙转告老师。老师又说了一句“好”。

小姐，叫我别兴奋那才是强人所难吧？是那位毕加索啊！来见那位马蒂斯！

“艾玛，怎么办？毕加索要来了。我们要招待他吃什么？那可不是用平时的马铃薯汤与烤鸡就能糊弄过去的人物。”

我真的是蹦蹦跳跳，绕着正在厨房收拾的艾玛不停打转。最后艾玛忍无可忍，说道：

“咦，丫头，你尊敬的艺术家不是只有我们家老师吗？亏你还听莉迪亚讲了那么多毕加索的奇言异行。”

我从小学的时候，就深受杂志上的现代美术吸引，远胜过教科书中会出现的那种古典艺术。

认真认识到毕加索，是在木兰夫人的大宅收藏室里看到他的作品之后，那堪称孩子气的粗糙、随意的笔触，自由的配色，看似无秩序实则经过细心巧思的构图，越看越让我目不转睛。

那是手法与马蒂斯截然不同，却又有点相似的作品群。现在我终于可以见到创造出那些作品的巨匠了。

“你听好，玛丽亚。毕加索先生，在这个场所，在伟大的艺术家这个身分之前，首先是老师最重要的友人。即便有名人来访，也不能大惊小怪。一定要格外用心，让两位能够舒服度过。”

那天早上，一看到欣喜过度几乎彻夜未眠的我，莉迪亚就这么毫不客气地给我浮躁的心情狠狠甩了一记耳光。被她完全看穿，我忽然觉得很丢脸。

一切都如往常进行。老师一如既往地醒来，吃早餐，进行上午的创作。唯一没有一如既往的，想必只有我。我一而再再而三地看时钟，毛毛躁躁、坐立不安地等待那个时刻——那个冬日阳光与炎夏正午交会的时刻。

终于，那一刻到了。一楼的柜台人员打内线电话通知访客已到。在桌上铺开浆挺桌巾的我，顿时挺直腰杆走向门口。听到“咚咚”的敲门声后，我轻轻开门。

门外，出现两颗巨大、漆黑的眼珠。

宛如猫头鹰般煌煌发亮的野性光芒。彷佛正在凝视刚刚诞生的世界，那是一对充满好奇心的眼睛。

“您好，毕加索先生。我们已恭候多时。”

轻快出声的，不是我，是在我背后走过来的莉迪亚。毕加索钻过我身旁，走进屋内，与莉迪亚握手。

“嗨，莉迪亚。亨利还好吗？”

“好，非常好。好久没见到您了，老师非常期待这次会面。”

这位传奇人物，一眨眼已去了客厅。也没跟我说话，只对我投以一瞥，我就这样被遗弃在原地。

对，大概只有三秒吧，真的是一瞥。但是，他那一瞥，简直是深刻锐利地戳进我的心。

如果被那双眼睛盯着，恐怕什么事都无法隐瞒。与老师那种宛如拥抱情人的温柔视线完全不同。我有点害怕，甚至打了个冷颤。

之后那两个多小时，马蒂斯与毕加索的午餐，就像华丽缤纷的盛宴。

对话跳跃，跳跃，再跳跃。毕加索说，马蒂斯附和。马蒂斯笑，毕加索也笑。毕加索活泼好动的眼睛、嘴巴、双手、手指。马蒂斯祥和的面容，温柔的嘴巴，宁静的指尖，闪亮的双眸。

负责上菜的我，在端菜到桌上的瞬间，望着二人四目相交、欢笑、热络聊天的模样，都跟着衷心喜悦。

“向你借的《冬日风景》，我认为还是该摆在我这里，你说呢？”老师说。“你给的新几内亚人偶，现在坐镇在我家最好的位置。”毕加索先生也说。类似那样的对话，我断续听到一些。

“……对了，孩子们怎么样了？”

“还能怎样，被法兰索娃带走了……”

“……玫瑰窗，比我想象中更费时间。毕竟……”

“……我打算改天搬家。坎城有间古城的房子要出售……”

“……你要来杯咖啡吧？不过我最近都是喝红茶。”

“那么，我也喝红茶好了……”

我收回甜点盘，正在用小刷子清理桌上的面包屑时——

“那个木兰的叶子，为什么就那样放着？”

毕加索的声音传来。

啊，这位大师的好奇心，倾注在他敬爱的艺术家、可敬的对手的房间一切细节。就像是要把最爱的、偶尔才能一见的电影每一幕都记住、并且理解。

夏初，我自夫人那里送来插在瓶中的木兰花。到了秋天，花已落尽，花瓶仍保持我插花时的原状，在那个场所，只剩下常绿叶片，悄然放置。

花落后，本想立刻收拾干净，

“就那样放着不要动。”

如此吩咐的，不是莉迪亚，是老师。

据说以前在老师的病床边曾有木兰花点缀。那究竟是谁赠送的，我无从得知。

不知几时才会结束的战火下，卧病在床的老师描绘着一支高傲花朵。那，对老师而言，或许是生命的证明。

“就算只剩下叶子，不也是一种美景。”

老师将视线移向木兰花的花瓶，如此说道。

“会吗？只有叶子？”

毕加索先生略带不满地嘀咕。

“对，现在是。但是不久后，想必又会开花。”

老师的声音，沉稳平和。就像宴会厅里乐团演奏的音乐渐消，最后，沉默降临在二人之间。

我本想去客厅替他们重新倒一杯红茶，但站在门口附近的莉迪亚低声制止我。

“现在，暂时让他们二位独处。”

然后，她“啪”的一声，反手关上门。

一手拿着热水壶的我，就这样，彷佛要透视般，一径凝视桃花心木做的厚重门扉。

马蒂斯与毕加索。

钢琴与小提琴。

傍晚的无风状态与季节风。

寂静与狂热。

相反又相呼应的二者，无上的丰饶融合。

那些断断续续的字眼自内心涌现，比装满红茶的茶壶更加炙热地起伏。

毕加索先生要走了，莉迪亚与我去送客。毕加索先生弯下穿着条纹衫的壮硕上半身，紧紧搂住坐在轮椅上的老师的肩膀。老师露出慈父般的温和笑容，接纳这个大儿子。

“多保重。工作过度，有害健康哦。”毕加索先生很关心老师的身体。

“少来。这句话该我对你说。”老师说着笑了。

然后，“啊，对了！你——”彷佛突然想起什么似地，把头转向我。

“玛丽亚。你把那枝木兰包起来，拿给毕加索先生。”

我一时之间不知如何回话。一看之下，毕加索先生那依旧洋溢好奇心的漆黑眼眸，正定定对着我。“好，马上来。”最后我回答，把自从来到此地从来不曾换过位置的木兰花瓶抱在胸前。

我把花落后只剩枝叶的木兰用玻璃纸包好，朝着站在玄关门旁的毕加索先生，小跑步过去递给他。

毕加索先生默默接下那个小包裹。然后——

“谢谢你。木兰的玛丽亚。”

他如此低语。老师一脸满足地微笑。

毕加索就这样离开了。离开他终生对抗、终生敬爱的友人身边。

之后，很久很久以后，我才知道。

毕加索年仅二十六岁的时候，在巴黎的独立美展看到一幅画。这位日后注定要掀起绘画革命、成为时代宠儿、甚至被升华为艺术偶像的年轻画家，看到亨利·马蒂斯的作品后，立时被俘虏了。

奔放的色彩，自由大气且毫不踌躇的形式，洋溢生命的光辉。那幅画如果没有出现在毕加索的眼前，二十世纪的艺术，说不定会变得更不一样。

“生之喜悦”。

这是那幅画的标题。

马蒂斯出现，与毕加索相遇。

二十世纪的艺术，我们幸运地同时得到两枚丰饶的果实。

一九五四年十月底的事，小姐，我可以再多说一点吗？

说到那西米耶山丘上的白墙宅邸，就在院中落叶树的叶片渐渐变成黄色的那个静谧的秋日午后，我接到一通找我的电话。这还是头一次。是那位“木兰夫人”大宅的女佣打来的，她带来令人忧心的消息。

“夫人的情况不太好……她说，想尽快见到你。”

我非常吃惊，连忙与莉迪亚商量。莉迪亚替我向老师报告，老师说，“那你现在赶紧去。”

我急忙换衣服，也没拿东西就想冲出门，不料却被老师叫住。

“你等一下。帮我把这个带去好吗？”

老师递来与上次一样的白色卡片，叫我转交给夫人。

那肯定是夫人最乐于见到的东西。就在那一瞬间，老师与夫人，宛如打平结的缎带，在我心中牢牢绑在一起。

二人之间到底有过什么样的关系，我依然不知道。但是，对老师来说，夫人是无可取代的赞助者，对夫人而言，老师是特别的艺术家。至少这点，绝不会错。

“谢谢您，老师。”

我的心头倏然涌现热潮，挤出这句话已是竭尽所能。结果，老师的回答令我非常意外。

“这句话，是我要对你说的。”

谢谢你，玛丽亚。

说着，老师静静凝视我的眼睛。

我想起第一次见到老师时，他定定注视木兰花瓶的视线。当时我心想，那种视线如果投射到自己身上，我搞不好会立刻落荒而逃。我觉得自己不可能承受得住那种彷佛会被施加魔法的视线热浪。

但是，我没有逃，也没有中了魔法动弹不得。

那是很久以前曾经回眸凝视过的温柔眼睛。不是魔法师，也不是巨匠。我在那里发现的，只是一双父亲的眼睛。

“好了。你快去吧。”

在老师的催促下，我把那张卡片抱在怀里，不顾一切地奔向夫人的大宅。

夫人躺在病床上。据女佣夏洛特表示，我去老师那里后不久，夫人便被发现罹患乳癌，在巴黎动了手术。虽然医生劝她开完刀后继续住院，但她坚持要返回尼斯，在一个月前回来了。之后身体就每况愈下，根据医生的说法，就看这几天能不能熬过去了。

天啊，怎么会是这样。

我很懊悔。当初是夫人雇用我这个战争孤儿，发现我微不足道的能力，让我得以亲近各种艺术作品。她堪称是我的恩人，即便是崇拜的艺术家开口要求，我怎能就那样轻易离开了她的身边。

不知不觉，我已把夫人当成母亲一般敬爱。

在厨房听着夏洛特的叙述，我一再以指尖拭泪。据说，得知夫人的大限已近，有很多自称是夫人亲戚的人纷纷上门。虽然不愿意这么恶意揣测，但为了庞大的遗产而发生冲突的火爆瞬间想必也快要来临了。

把泪水擦干净后，我去见夫人。在天顶垂落的白色乌干纱笼罩下，瘦削的夫人静静躺卧。

“是玛丽亚吗？”

她的声音孱弱得细不可闻。

“是的，夫人。好久没来看您，真是对不起。”

我尽量克制不让自己的声音颤抖，一边回答。

“马蒂斯先生还好吗？”

即便已是这种状态，坚强的夫人还是很关心艺术家。我刻意以开朗的声调说：

“好得很。现在，在某位美国富豪的委托下，正在专心制作教堂的玫瑰窗。真的是每天都聚精会神在创作呢。”

“……是洛克菲勒先生吧。那个人，最喜欢艺术家了。对于崭新的艺术……他可喜爱了。”

就像您一样——我在嘴里嘟囔。

“一定会跟凡斯的教堂一样，成为出完美的杰作。”

我用力点头。然后，“这个给您。”我让夫人宛如枯枝的手指握住卡片，卡片顿时从她完全用不上力气的指间滑落。夫人说：

“你念给我听好吗？”

我捡起掉落地上的卡片，轻轻打开，朗声念出。

亲爱的夫人：

我把木兰花还给您吧。

整个夏天灿烂绽放，让我很开心。

明年夏天，必定也会绽放。

H.Matisse

我仰望寝室的窗外。

木兰树正随风摇曳，常绿叶片沙沙作响。而花朵，无处可寻。

“你在找花吗？小傻瓜。”

孱弱又温柔的声音响起，夫人凹陷的眼睛静静凝视我。

“木兰花，是指你。”

我当下倒抽一口气。

木兰……花。

说我是花？我吗？

就凭我这样的人？

“怎么了？瞧你满脸通红，该不会是发烧了？”

夫人的声音，带着调侃，又恢复了些许力气。

“呐，玛丽亚，最后，我还有很多工作想拜托你做。你愿意帮忙吧？”

就这样，我又回来了。回到木兰夫人的身边。

甚至没有向马蒂斯先生正式道别。

三天后，一九五四年的十一月二日。

在律师的陪同下，夫人所有的收藏品有了归宿。之后，夫人说她想要一枝院中的木兰树枝。在我把它插入花瓶时，夫人的灵魂，静静去了天国。

我打电话给莉迪亚，请她把夫人的死讯转告老师。

等到丧礼结束，收藏品都妥善安置后，我就会立刻回到女王饭店。请你替我这么转告老师好吗？

我怀着祈求的心情，对电话彼端缄默不语的莉迪亚如此说道。

过了一会，才听到一声“好”无力地回答我。

亨利·马蒂斯就在二十个小时之前，结束了八十四年的人生。

话匣子一开就扯远了。

趁着太阳还没完全西沉，小姐，我还得带您去教堂看看。

对，就在这座建筑物的旁边。早上固然清爽，这个时间，其实也美得令人屏息哟。今天没有弥撒，所以您可以尽情参观。

您问亨利·马蒂斯过世的瞬间是什么情况？

很遗憾，我无法回答这个问题。

因为，那时候，我正在木兰夫人的丧礼上——正好将夫人的遗体放入棺中，献上许多白花。

是啊，一朵木兰花也没有，这是最大的遗憾。

那几天简直是兵荒马乱。夫人的离世，弄得我心神大乱，听到马蒂斯先生的死讯后，我反而豁然清醒了。

我没有时间去哭泣嘶吼。夫人死前委托我负责监督收藏品的运送，等于把我扔进遗产继承的狂风暴雨中。当然，只不过是一介女佣的我，对于夫人的遗产，一法郎也无权接收，更没有那样的念头。

可是，夫人的亲戚却不断朝我投来怀疑的目光，强迫我一定要把某些收藏品拿去给他们，还派了好几位代表亲戚的律师来交涉。我只能忍受他们的骚扰，在夫人的委任律师指导下办理手续，默默将那些完美的作品送往各国各地的美术馆、拍卖公司、大学以及慈善机构。

一切尘埃落定，将近七个月的时间。这期间，我甚至没去过安葬亨利·马蒂斯的西米耶法兰西斯科修道院的墓地，只是一心一意忙着处理收藏品。

蓦然回神，又到了大宅院子里的木兰开满一树美丽白花的季节。

呐，小姐，老师过世七个月后，我首先为他献上的，您猜是什么？

是造访巴勃罗·毕加索的住处哟。

我剪了三朵院中的木兰花，用玻璃纸包好，搭上公交车，前往瓦罗利。

这是我第一次来到这个美丽的小城。我没有事先通知，就这样直接前往那栋位于小山丘上的宅邸。

女佣出来应门，当然，她很疑惑我是什么人。我把花束交给她，

"请把这个交给毕加索先生。就说是'木兰的玛丽亚'来了。"

我如此说道。女佣露出狐疑的神情，消失在大宅深处。

之后，又过了多久呢？

五分钟，十分钟——不，或许是三十分钟。阳光越来越强，太阳自正上方炽热照下。站在没有树荫的门前，我连渗出的汗水也没擦，只是默默等待那一瞬间。

宅邸的门口，终于出现人影。我的心脏，“扑通扑通”发出沉稳的声音。走近的人影，不是体格壮硕、身穿条纹衫的老人，而是一头浓密黑发、戴着白色发箍的女子。我微微屈起单膝向对方行礼。

“幸会。我是曾在马蒂斯先生家受到照顾的玛丽亚。”

漆黑的眼眸，深邃的视线射向我，那个女子伸出右手。我轻轻握住那只手。那只肉嘟嘟、宛如木兰花苞般柔软的手。

“巴勃罗说，谢谢你送的花。”

听到这里，我当下恍然大悟，啊，这位就是艺术家的新情人贾克琳吧。

“我想您也知道，老师——亨利·马蒂斯在去年十一月三日过世了。老师的家人曾多次打电话给毕加索先生，但不知何故，据说一直没得到任何回音。”

是的，这是莉迪亚叹息着告诉我的。

老师一过世，家人立刻打电话到毕加索的住处通知，当时是女佣接的电话，据说是如此回复的：“毕加索先生正在用午餐，无法接听电话。”家人虽觉奇怪，几小时后，还是再次打电话。结果又是女佣接的，声称毕加索先生无法接电话。不该是这样的，于是不信邪的家人又打了第三次电话，结果还是女佣接听，如此答复：

毕加索先生说，他无话可说。因为马蒂斯先生已经过世了。

结果，毕加索并未现身马蒂斯的丧礼。不仅如此，连一封吊唁信都没寄来。熟知二人深交的亲友们，都非常惊讶。毕加索为何不来向马蒂斯告别？那个毕加索，对那个马蒂斯。

贾克琳默默听我诉说，看似略带湿润的清澈双眸始终没有移开。

听完之后，贾克琳说：

“能否请你等一下？”

之后她回到宅邸内。过了一会，她拿着白色的东西，再次出现。

“这个……可以请你带走吗？带去马蒂斯那边。”

那是一朵木兰花。

那一瞬间，我恍然大悟。

亨利·马蒂斯并没有死。他还活着，活在毕加索的心中。

我用颤抖的手，接下那朵花，把花抱在胸前，掉头走回通往山丘下的蜿蜒道路。走到转角时，我一度转身。美丽的人儿，站在门前，任由清风飘飘轻抚黑发，一直在目送我离开。

带着那一朵馥郁芬芳的花，我去了某处。那是哪里，您猜得到吗？不是西米耶的女王饭店，也不是弗朗西斯科修道院的墓地。

对，就是这里。凡斯的玫瑰经教堂。

在刺眼的夕阳中，我来到这个地方。至今我仍清楚记得，在我开启小教堂的门扉时，全身倏然笼罩在洁白无垢的光芒中。

该怎么形容才好呢？

那简直就是天上的光。是柔和的、充满祝福的光。

正面祭坛的背景，是一整片老师深爱的尼斯海洋与天空的蓝。植物在其间欣欣向荣。一旁是昂然挺立的圣多明我。只有轮廓的鸭蛋脸，正在谕示、慰藉、接纳众生。无论是圣母与圣子，或耶稣受难的场景，一切都明亮、率真、一心一意。就像老师本人。

教堂内的彩色玻璃，描绘的是如小鸟展翅翱翔般强健的植物，青色、绿色、黄色。但我是在很久之后，才知道原来那叫做“生命之树”。

纯白的光芒中，我步向祭坛。然后，我把从瓦罗利一路抱在怀中的那朵木兰花，轻轻地，放在祭坛上。

我静静闭上双眼。泪水滑落。

我只觉得耀眼，老师创作的，一切万物。

就在这一刻，我决心成为修女。

我决定要永远陪伴在老师的身旁。

我写信把我的决定告诉莉迪亚、艾玛以及朱丽叶，被她们一再劝阻。她们说，你这样岂不是与莫妮克·布尔乔瓦没两样。犯不着因为老师过世就去当修女。你的青春今后才要开始呢，云云。老师走后，她们三人，都已步上不同的人生了。

她们说得很有道理。我既非老师的妻子或情人，也不是友人，更不是秘书或模特儿。我只是一个与老师的人生毫无关系的女孩，在初夏的某一天，抱着木兰花，宛如突然迷途闯入的不知名小鸟。

唯有孤儿院的院长，祝福我的决定。

去你该去的地方吧。去你最想去的地方。

说着，院长像我少女时代那样，再次紧紧拥抱我。

去该去的地方。

为何我会这么一厢情愿地认定，其实我自己也不明白。

老师的坟墓，在西米耶。但是，其实，老师的灵魂或许并不在那里，而是在凡斯。那么我或许该待在这里，奉献到我自己满意为止。我如此认为。

记得莉迪亚曾经随口戏言：创作凡斯的教堂时，老师或许是抱着替自己打造坟墓的心情在创作。听到那句话时，我突然哭了。

那天，那一刻，莫名流泪的意义，我终于懂了。

而今日，我终于明白，为何我非得在这里不可。

小姐，就是为了回答您的问题。

亨利·马蒂斯是个什么样的艺术家。在他的晚年，看了什么，爱着什么，如何创作。就是为了留下记录，传达给下一个时代，我才会待在这里，长久等待您的来访。

我的故事，到此结束。好了，老修女的回忆，不知能够帮上您多少？

不过，我很高兴能够这样讲给您听。能够由您传达给许多人，留下记录。什么时候会刊登？明天？后天？更久之后？刊登之后，请别忘记寄一份给我。

好了，我们也差不多该去教堂了。毕竟，早已夕阳西下了。

今天，就让我开启您人生中剩下的“神秘礼物”之一吧。

明星

L'étoile

跳舞吧，在森林的草原上，有翅膀的少女啊。

为舞蹈而生的孩子啊，去爱吧，只爱舞蹈。

——埃德加·德加

一辆“标致”的有篷汽车，停在巴黎市勒佩提耶街与奥斯曼大道转角的一家画廊前。

把右手递给恭敬打开车门的司机，一名老妇人自昏暗的车中出现。

身穿丧服般全黑长裙的老妇人，以蹒跚的步伐走近画廊门口，在橱窗前伫立。隔着天鹅绒帽子的黑色面纱，她的眼神彷佛发现了什么不可思议的花朵般，被橱窗内的招贴画吸引。那是一幅舞者的画像，以及低调的印刷字体“Degas: une exposition rétrospective”（德加回顾展）。在刺骨的冰冷北风中，老妇人伫立该处久久不动。

“欢迎光临，卡萨特夫人。在那么冷的地方站久了，对身体不好喔。来，请进。”

门开了，一名蓄须的中年绅士以开朗的声音说道。全副心神沉浸在橱窗中的老妇人玛丽·卡萨特，或许是被意外吓了一跳，顿时以右手按住心口。然后把脸转向绅士，露出亲密的笑容。

“这个声音是乔塞夫吧？”

“正是我。”绅士笑嘻嘻地回答。“家父也在里面恭候大驾。来，请进。”

如今广为全世界美术爱好家所知的画廊——迪朗·吕埃尔的少东家乔塞夫，牵起玛丽戴着黑丝手套的手，引导她走进画廊。

宽敞明亮的室内，展示出多件舞者的画像，描绘的是正在舞台后面聊天的少女们屈伸双腿的纤细身体、放松地窝在椅子里的模样。在乔塞夫的牵引下，玛丽转动头部将视线扫过展览室全体。与其说是观看，更像是在感觉。

“欢迎光临，玛丽。好久不见，你过得还好吗？”

在展览室后方会客室等候玛丽到来的，是画廊的主人保罗·迪朗·吕埃尔。这位八十七岁高龄的传奇画商，动作与说话方式都豪迈得不似实际年龄。十八岁开始在父亲经营的画廊帮忙后，历经近七十年的漫长时光，一路奔驰过动荡的现代美术史中央。他克服两次的经营危机，把曾被讥为“疯狂集团”、“幼稚的画”，并饱受抨击的印象派绘画推广到全世界。仅只为此，他赌上了人生的一切。他与印象派的代表艺术家们，早已超越画商与画家的关系，成了同甘共苦的朋友，甚至产生亲如兄弟的亲密关系。玛丽·卡萨特也是其中一人。

“啊，保罗，你还是一样精神抖擞啊。听你的声音就知道。”

以右手手背接受老友的亲吻，玛丽露出微笑。保罗凝视玛丽藏在黑纱后面的双眼，立刻醒悟她白浊的眼睛已经看不大清楚了，但他不是那种不识相、会刻意提起那个话题的男人。

“听说埃德加的画室遗留的作品已做好目录了。据说就是为了纪念那个，才策划这次的展览……这些，乔塞夫全都告诉我了。”

玛丽的视线一边在空中游移，一边说道。

“看样子，似乎多半是舞者的作品。埃德加或许还是把舞者的作品都留在自己的手上，没有卖给任何人。”

这次回顾展，展出了一年前离世的埃德加·德加许多直到死前还留在手边的作品。

德加死后，从他的画室中发现大量的油彩画、粉彩画和炭笔素描。保罗的长子乔塞夫，与经手德加作品的另一名画商安伯斯·伏勒尔，分工合作完成了作品目录。历经庞大的作业，总算开始在两人的画廊卖出德加这批“遗产”。

一九一七年九月二十七日，在画室突然倒下的德加，在无人陪伴身边的情况下骤然逝世，八十三年的人生几乎都奉献给创作，终身未婚。

十九岁考取“高中会考”资格后，德加取得卢浮宫美术馆的临摹许可证，开始认真走上画家之路。他生于富裕的银行家庭，在家人的资助下不断累积经验，年过三十之后，终于得到官方美展的认可。若与除了靠绘画维生别无他法的学院派大师威廉·布格罗[1]相比，他是在得天独厚的环境中踏出画家的第一步的。

1 威廉·阿道夫·布格罗（William Adolphe Bouguereau，一八二五至一九〇五），法国学院派画家。以十九世纪的现实主义绘画技巧来诠释古典主义的题材，并且经常以女性的躯体作为描绘主题。

不过，德加也并非事事一帆风顺。在他四十岁那年，父亲留下大笔债务撒手人寰，他被迫尝到“为了糊口而画”的苦涩，也曾向他的画商保罗·迪朗·吕埃尔借钱。而且，比起经济上的穷困，更折磨画家的，是他逃离学院主义的咒缚，投身日后被称为“印象派”的崭新艺术潮流后，不得不面对世人的不理解。

创造出这股潮流的画家们，一一遭到世人无情的批判，经历了屈辱的时代。拥护他们的保罗·迪朗·吕埃尔也同样是经历那段困难时代的人之一。但他与画家们一同秉持信念与耐心，以及放眼全球的战略，终于克服了怒涛骇浪。

德加亦然。他一再入选学院派主宰的官方美展，前途看似一片光明。即便如此，当时才三十几岁的他，就像是理所当然地，踏上了与学院主义截然相反的荆棘之路。他运用独创的手法，选择谁也没想到的主题，画出崭新的构图。跳芭蕾舞的舞者们，聚集在三流咖啡馆的男男女女，那些构图彷佛正在偷窥女子洗澡般过度的逼真，甚至令人感到看到不该看的东西，有种忐忑不安的心情。

明知会令观者反感，德加还是继续画。并且与其他印象派画家及保罗，一同熬过了那个掀起狂风暴雨的时代。

进入二十世纪后，他已成为“巨匠”之一。在他将死的时候，已不再为穷困所苦，工作、名声，想要的通通都到手了——除了家庭。不过，德加向来被视为脾气难缠的怪人，家庭是否也是他“想要的东西”，如今谁也无从得知。

“他留在手边的，不只是舞者的作品，还有隆尚赛马场以及咖啡馆的风景。全是极有他个人风格的作品。”

保罗以沉稳的声音告诉玛丽。她坐的沙发背后的墙上，挂着描绘浴女的大幅粉彩画。

“我们也把部分遗作送到纽约分店开了展览会，全部销售一空。当然，海维梅尔夫人也第一个抢先购买。”

“你说露易辛？那真是太好了。”玛丽无色的脸颊，终于泛出红润。

亨利·海维梅尔与妻子露易辛，是在美国经营制糖业的富豪，也是玛丽的友人。这对富裕的夫妻在玛丽的建议下，开始精力旺盛地搜购包括德加在内的印象派作品。结果，海维梅尔夫妇成为率先对印象派感兴趣的美国人，起因完全只是因为别具慧眼的美国女画家玛丽·卡萨特是他们夫妻的友人。

玛丽自己，是在艺术之都巴黎成功的第一位美国画家。同时，她也倾注了与自身创作同等的热情，把印象派介绍到祖国。

若无玛丽·卡萨特这位女性的存在，印象派恐怕不可能越过大西洋。而且，她从来不曾提及自己是让印象派获得全球性成功的幕后推手——至少在我的面前是如此。保罗再次想起这位女画家的深厚涵养，不禁感到心头深处微微发麻。

“看来即使没有我的建议，她也已经可以凭自己的眼光挑选了。真是太好了！真的，我很高兴。”

玛丽以一种热切得令人怀疑，假如海维梅尔夫人在眼前，肯定会被她紧紧抱住的声调，感慨万千地说。

“这下子，我的任务等于完成一项了。”

积极开朗的性格，放眼全球的辽阔视野，以及对艺术永不厌倦的探求心。保罗认为，这位女画家与自己拥有许多同样的特质。甚至，玛丽以视力减退与身体不佳为由，如今已搁笔退隐，保罗自己也已把大部分事业交给儿子们掌管，就连退出第一线的现状都如出一辙。还有，二人都与古怪难搞的艺术家德加保持绝妙的距离感，即便见面次数减少也绝不相忘。正因如此，若是她，一定可以谅解如此奇妙的商谈。

“的确，把印象派传递到美国的重责大任或许是完成了。”

凝视黑纱后面的眼睛，保罗说道。

“所以……今天，我想跟你商量一件事。是关于我们的友人埃德加·德加。你不介意吧？”

玛丽白浊的双眼锁定保罗。彷佛一切都看得清清楚楚，她回答：

“你都特地派车，把隐居的我拉出门来了。肯定是奇妙的商谈吧？”

保罗不禁露出微笑。总是这样抢先看穿对方的意图。就连这点，玛丽·卡萨特都与自己极为相似。

生于美国宾州匹兹堡某企业家家庭的玛丽，与家人一同初次踏上巴黎这片土地，已是六十五年前的事。对于当时年仅七岁的她而言，华丽的巴黎街头，浓郁呛人的艺术气息，决定性地改变了她之后的人生。

之后，玛丽努力说服起初反对的父亲，为了当画家，再次只身来到巴黎。从此，她再也离不开法国。对艺术的深厚感情，苦恋巴黎的心情，无论当时或现在都没改变。有时她甚至觉得，一如当初幼小的女童心灵，自己至今仍在呼吸着巴黎，呼吸着艺术。

十几岁时开始绘画，也是因为初次见到的巴黎街景令她印象太强烈，于是一门心思只想把自己所见所感直接摹写在其他东西上。为了实现那个想法，需要比艺术天分更多的努力与忍耐。只因为，玛丽是一名女性。

当时，无论是在美国这个文化上的新兴国度，还是在艺术发展上拥有悠久历史的欧洲，对于女性当画家都同样不宽容。女性上学本身就极为罕见，当然男女上的学校也是不同的。玛丽就读的宾夕法尼亚州美术学院，虽然也接纳女性入学，但一切条件对女性都很不利。在蓬蓬袖与拖地长裙外穿上围裙，玛丽勇敢地与颜料、石膏，乃至男学生的好奇视线搏斗。一八六〇年代，艺术犹被认为不过是有钱人的游戏，玛丽却梦想着自己的作品有一天能够在美术馆展出。而且她不希望那个梦想只停留在梦想。

无论如何都想当画家，为此想去巴黎。对于女儿顽固的心愿，父亲迟迟不肯点头。像个大家闺秀一样学习法语或绘画当消遣倒是无所谓。但是，把那个当成人生重心的话——“与其让我看见你变成画家，我宁愿看到你死掉。”绝望的父亲，甚至对玛丽如此撂下重话。

即便如此，玛丽还是不死心。成为画家是她的绝对目标，为此，无论在经济上或精神上，都少不了父亲的支持。如果在与父亲对立的情况下去巴黎，今后的人生将会有极大的障碍。唯独这种情况非避免不可。玛丽付出了与创作绘画同等扎实的努力与热情来说服父亲。

父亲最后终于妥协了。“既然要当画家，就得当第一流的画家。”得到父亲这句话，玛丽启程前往巴黎。一八六六年，她二十二岁。在那一刻，父亲与母亲，乃至玛丽自己，其实都已预感到，玛丽将来恐怕不会有结婚生子、建立富裕安稳的家庭这种一般大家闺秀会的人生了。

除了当画家别无其他。除此之外没有任何生存目的。

她的心里，早已如此决定。

七岁的玛丽初次踏上那块土地时，巴黎是已经完成的美丽湖泊。之后渐渐崩坏，湖水形成小河开始流淌，小河逐渐形成大河，注入“变革”的海洋。

被拿破仑三世任命为塞纳–马恩省省长的奥斯曼男爵，企图把巴黎打造成举世最美丽的都市，着手进行了名为“大道计划”（Grand Boulevard）的都市更新计划。以凯旋门为中心，铺设呈放射状扩散的大道，沿着道路两旁兴建住宅，进而开发郊外。结果这项计划，彻底改变了巴黎的城市样貌，进而也让巴黎脱胎换骨，变得更具有普遍性。从英国开始蔓延的工业革命，令中产阶级富裕起来，小资产阶级抬头，都市文化遍地开花。为了享受休闲娱乐，人们开始搭乘火车从巴黎前往郊外，并且热衷赛马。市中心则有咖啡馆、舞厅、剧场如雨后春笋般出现，讴歌热闹都市生活的人们天天出门。

巴黎，首先从城市本身开始改变。在它怀抱中的众多事物，尤其流着热血的艺术，自然不可能不跟着改变。

玛丽·卡萨特在二十二岁这年再次来到巴黎，正是一切都朝着“变革”开始剧烈流动的时期。巴黎蜕变成光华耀眼的贵妇人的街景，令玛丽目瞪口呆。

改变的不只是城市街景，美术界的状况也在不断改变中。美术作品不只是陈列于美术馆的展览室里，也开始挂在中产阶级家庭的客厅中。空前的美术热潮来临了。习画的学生不再必须是家中资产雄厚，而是怀抱或许能靠一支画笔扬名立万的野心。只不过，那仅限于幸运得到夸耀二百年历史的“美术学院”认可，入选“官方美展”，走在这事先铺好的轨道上的幸运儿。

斩断退路只身前往巴黎后，玛丽首先立下的目标，当然也是走上“官方美展”这条康庄大道。但是，要入选想成为艺术家的人都想跻身的官方美展并不容易，更何况自己是美国人，还是个女人，必须抱着特别严苛的觉悟去面对。一如当时大部分的习画学生，玛丽取得了卢浮宫美术馆的临摹许可证，也去上学院派大师让·里奥·杰洛姆[2]开的课，但在卢浮宫的临摹成了她最好的老师。

抵达巴黎那年，玛丽雀跃地去参观首度见识到的官方美展。不料，无论哪一件作品都无法令她动心，无聊得令人只想打呵欠。这个场所明明应该是自己设定的目标顶点，这究竟是怎么回事？难道是自己没有欣赏名画的眼光吗？她感到不安，然后赫然发现，那是因为她一直在卢浮宫观看那些更加精彩的作品。

在此展出的作品，无论哪一件都无法超越卢浮宫的典藏。

如此说来，就算我真的入选官方美展，也同样会是这种结果吗？

大片墙面上，挂满新秀画家们的作品。其中，唯有一幅，明显放射出与周遭截然不同的光芒。玛丽宛如被吸铁石吸引般，立刻被那幅画迷住了。

那是一幅非常不可思议的画作。标题是《障碍赛马——落马的骑师》。纵长的画面中，有数匹马横越而过。下方躺着晕厥的骑师。马的后腿，正作势要踢他的脑袋。定睛这么看着，连自己都好像要心神恍惚，是极有奇妙临场感的画面。宛如正亲眼目击一场落马意

2 让·里奥·杰洛姆（Jean-Léon Gérôme，一八二四至一九〇四），法国历史画画家。学院艺术画家，是新兴的印象派绘画的强烈反对者。

外——就是这样的画。

这到底是什么?

在众多描绘神话场景或穿着正式大礼服的家族肖像、历史风景、陈腐又无聊的形骸化作品中，唯有那幅画明显与众不同。玛丽萌生奇妙之感，彷佛丝质长裙下的肌肤寒毛倒竖。不是因为厌恶，是一种亢奋。

“这画的是什么东西嘛，真差劲。”紧贴玛丽身后，响起不屑的嘀咕声。“犯不着故意画出这种场面吧。”“真残酷。简直不忍卒睹。”“画得太粗糙了。你看，这线条画得有多丑。颜料也涂得毛毛糙糙，一点也不光滑。”

不断有观赏者前来，留下充满反感的批评后离开。唯有玛丽站在那幅画前无法动弹。并且，每当有人朝那幅画作投以羞辱的评语，就好像是对着自己吐口水，令她忍无可忍。

那一天，是玛丽·卡萨特初次见到埃德加·德加这位画家的作品。

在保罗·迪朗·吕埃尔与儿子乔塞夫的陪同下，玛丽再次坐上车子，前往迪朗·吕埃尔画廊的美术仓库。

“我想你已经知道了。”在车上，玛丽对保罗说。

“我得了白内障，几乎什么都看不见了。顶多只能隐约看出东西的轮廓……虽然不知道你待会儿想要给我看什么，但我不见得能够帮得上忙。”

“不用担心，玛丽。”保罗依旧沉稳地回答。

“关于待会儿要给你看的东西，看不看得清楚，其实不是太大的问题。”

这句猜谜似的话，令玛丽微微侧首表示不解。那副模样令七十四岁的老妇人看似少女，保罗不禁微微一笑。

仓库管理员拿着好几把钥匙打开层层锁链。仓库里弥漫着油画颜料与尘埃的气味。数不清的画布整迭堆放在一起，上面覆盖厚布。走到仓库最深处，同样罩着布的大平台前，三人终于停下脚步。

玛丽盯着覆盖天鹅绒黑布的平台上凹凸起伏的轮廓。看样子好像是平放的浮雕。保罗为了“商谈”要让自己看的，就是这半立体的东西吗？

然而，德加生前，并未创作过立体作品，也就是雕塑。除了唯一一次，极具蛊惑性的那一件。

“德加去世后，整理他的画室时最令人惊讶的，就是这个。”

做出这样的开场白后，乔塞夫取下黑色天鹅绒布。

眼前出现的，是无数的小型人物塑像。用蜡做成的人像，每一个都是双手可捧起的大小，雕塑出抬起一条腿、伸长手脚或者蹲下的瞬间。多半是裸体，但若看姿势就知道，那全都是芭蕾舞者。玛丽把脸凑近放满平台的立体物件，舔舐般仔细打量。然后，她长吐一口气，“这真是太惊人了。”她说。

“埃德加居然做出这么多的立体塑像。”

“就是啊。”像要呼应般，保罗也叹了一口气。

“不是铜像，是蜡像，尺寸也很小。正确说来是‘雕刻作品’的前一阶段，应该称为‘试成品’吧。”

“我可以碰吗？”玛丽问。当然，不等保罗回答，她的手已伸出去了。

已变成茶褐色的蜡做成的舞者们，闪闪发亮，每一个都很称手。作品表面的肌理，留下德加手指的轨迹。玛丽一一拿起，以指尖仔细追随舞者们的形体与动作。

“太精彩了。这是多么匀整、流畅的形貌……”玛丽激动得涨红了脸。

“埃德加为何没有把这个翻铸成铜像发表呢？”

“想必，这不是为了雕塑，而是为了作画所用的模型。”

费了将近一年的时间破解这项悬疑发现的乔塞夫回答。

“他没有雇用模特儿却制作模型，做出各种姿势，以便可以从上方俯视，也可以从下方仰视……他画的作品，为何可以让人感到那么有深度，我在调查这些模型的过程中终于明白了。”

德加生前，为了如实描绘舞者，经常把她们带到画室让她们摆姿势，然后专心速写。造访他的画室时，玛丽曾多次碰上德加正在让舞者摆姿势的场面。不忍见到少女们被迫穿着芭蕾舞衣摆出大胆露骨的姿势，玛丽本想回避，却被德加叫住。为什么转开眼？她摆的姿势，如果是在舞台上你就会坦然自若地观看了吧？

这才想到，对于摆好姿势的舞者，德加不只是从正面，也会从背面、侧面、斜角，三百六十度地绕着圈子不停打量，然后速写下来。有时甚至好像还会把梯子架在墙边，爬到梯子上观看。“其实也想从底下看上去，可惜不能挖个洞钻进去。”好像还曾听他这么嘀嘀咕咕抱怨过。

这么一想，便可以理解他何以会制作舞者的模型来代替真人模特儿了。德加不断在追求舞者创造瞬间姿势的真实感。像那种单脚站立、高举一条腿的下倾阿拉伯式舞姿，根本不可能让舞者真的长时间摆出那个姿势。但若是模型，便可将那不平衡的瞬间形态永远封存。而且，也可以让舞者这极致的形体成为“自己所有”。

“好了，撇开这些模型不谈，其实还有一样东西要给你看。”

玛丽手里还拿着如洋娃娃般纤巧的模型，这时保罗说：

“想必，你应该也记得……因为那是德加生前发表过的唯一一件雕塑作品。”

玛丽抬起头。乔塞夫抓住那一瞬间，“这边请。”邀请她前去仓库的更深处。

德加生前发表的，唯一一件雕塑作品。

怎么可能想不起来。那么逼真、煽情、夺得万众注目的作品，应该不多吧。

玛丽记得清清楚楚。正确说来，比起作品本身，她记得的是担任模特儿的少女。

然后，被乔塞夫拉着手，玛丽在仓库最深处重逢的，正是那个少女——“十四岁的小舞者”。

就真正的意义而言，玛丽发现埃德加·德加这位画家，是在一八七三年。

为了第三度入选官方美展，玛丽不改古典主题与画风，每天不停创作。一八六八年她首次入选官方美展，但在她内心，郁闷的念头如冬雾萦绕不去。自己是否该这样继续参加官方美展？距离头一次在官方美展目睹德加的作品，已经过了七年。

其间，在巴黎，发生了意想不到的事。拿破仑三世在普鲁士的挑衅下断然宣战，普法战争爆发。玛丽为了逃避战火，不得不回到美国，但她难以割舍对巴黎的思念，一八七一年普法战争结束后，她经由意大利回到巴黎。这次，她是抱着成为画家、在法国埋骨的觉悟。不过这时，她早已忘记德加这位新进画家的存在了。

经历了普法战争的败北、拿破仑三世的亡命，以及“巴黎公社”这场内乱后，法国成立了第三共和。在外交上虽然失势，作为都市文化中心地的巴黎却如不死鸟，浴火重生。

艺术如今已成为市民共有。人们寻求片刻的安宁，为了将艺术成为“自己所有”，出门前往官方美展与画廊参观。

但是，入选官方美展已不是她的目标顶点了。当然，若要就此待在巴黎成为成功的画家，就得继续入选官方美展，与专属的画廊签约，找到肯购买自己作品的美术爱好家当赞助人。学院派铺设的“轨道”，即便是经历战争也没有被破坏。

好不容易开始走上主流的轨道，玛丽却感到自己正企图跳出那里，不禁内心纠结。

就在这时候，她偶然经过悄然开在街角的某家小画廊橱窗前。那是一间正面临破产危机的画廊。这间画廊拚命试图推销莫奈与雷诺阿[3]、西斯莱[4]与毕沙罗这些无名画家的作品，被世人讥为傻瓜。那正是迪朗·吕埃尔画廊。

橱窗内，挂着一幅色彩鲜艳亮眼的粉彩画，画的是正在芭蕾舞练习场忙着练习的舞者们。纯白的蓬蓬裙舞衣配上鲜亮绿色的缎带，纤细的脚，轻盈地抬向空中。就在此时此刻。

就在此时此刻，玛丽如此感到。就在此时此刻，自己亲眼目睹舞者们的练习。就在此时此刻，舞者们的练习开始。然后，她们一齐抬起腿。就在此时此刻。

那天晚上，玛丽写了一封长信给远在故乡的好友露易辛。她忍不住要把看到那幅画的感动，找个对象一吐为快。

3 皮耶－奥古斯特·雷诺阿（Pierre-Auguste Renoir，一八四一至一九一九），印象派发展史上的领导人物。

4 阿尔弗雷德·西斯莱（Alfred Sisley，一八三九至一八九九），法国印象派创始人之一。

“我把鼻子紧紧压在画廊的橱窗上，尽可能试图吸收他的画。与他的画作相遇，完全改变了我的人生。”

他——埃德加·德加，玛丽鲜明的回想起这位画家的名字。那正是七年前，她在官方美展发现的画家。不理会周遭的不和谐音，把就在此时此刻落马的骑师场景推向观众。这是一位令人悚然的大胆画家。那时候，她就已感觉到了。在这开始朝变换面貌的天空轻盈展翅的城市，官方美展这套古典的运作系统是多么不搭调。与之相反，巴黎正逐渐改变。有一张画，就像以同样节奏跳动的心脏，鲜明地独树一格。德加的画，一直被她藏在心底最深处。

这时，玛丽做梦也没想到，日后露易辛与丈夫会在自己的建议下，成为首先购买德加画作的美国人。同时，她也没想到，那时德加早在官方美展发现了玛丽·卡萨特的作品。

有一位画家拥有与我相同的感性——

看到玛丽·卡萨特这位美国女画家的作品，据说德加曾对在场的友人如此嘟囔。

拉开遮阳用的厚重窗帘，乔塞夫将室外光线引进仓库内。昏暗的室内角落，“十四岁的小舞者”彷佛正屏息企盼与玛丽重逢的瞬间。

如今，玛丽的眼睛只能追逐朦胧的轮廓，即便如此，与作品面对面时，还是像要狠狠撞击般看得入神。不等征求保罗的许可，她已伸出双手，以指尖抚摸向上仰起的脸孔，清爽的后颈。

那座雕像约有一公尺高，同样是蜡做的。茶色长发是真正的人发，用刺绣缎带绑成一束。身穿亚麻马甲与细棉布蓬蓬裙，还穿了练习用的舞鞋与袜子。双臂绕到身后，双手在臀部交缠。重心放在左脚，右脚向前伸出。神情迷醉微微噘唇，好似在跳舞的前一秒轻轻做个深呼吸。或者，就像正在等待亲吻。现在，蜡已劣化成茶色看不出来，但制作当时，脸颊与眼角还涂了一抹淡红。

这座塑像太逼真、太生动，彷佛禁锢了少女的灵魂，有种不祥的写实感。

想起初次看到这座雕像时，那种自脚底冒起寒气的感觉，玛丽不禁以刚刚碰触过少女脖颈的手摩挲自己的手臂。

“德加把这座雕像放进玻璃罩拿布盖住，悄悄收在画室的最深处。”

对着玛丽静默不语的背影，乔塞夫出声说。

“简直就像是要避免被任何人看见。”

玛丽沉默半晌，保持与雕像面对面的姿势，“所以，你要找我商量的是？”她问。“是关于这座雕像吧？”

明知玛丽看不见，保罗还是默默点头。然后，他说：

“我打算把刚才给你看的模型，全部翻铸成铜像。还有这个‘十四岁的小舞者’也是。然后，我想正式作为德加的‘雕塑作品’公开发表。”

“那是身为埃德加专属画商的你才有权决定的吧。”玛丽回答。

“那么，应该用不着找我商量。我又不是埃德加的家属，只不过是一个朋友。对于你这个决定，我无权置喙……”

“当然，你说得没错。”保罗打断她。“我想找你商量的，是另一件事。”

玛丽转身面对他。保罗凝视她将黑纱掀到帽檐上，满是皱纹的脸上出现困惑的神色，一边说道：

“我想与担任这座雕像模特儿的舞者取得联络。”

“你应该知道吧——当时年仅十四岁的小舞者，与德加之间，发生了什么？”

保罗这个问题，霎时之间，令玛丽身体僵硬。

玛丽一个人站在德加的画室门前。

她从貂皮袖筒伸出右手，缓缓敲了两下门。会来他的画室的，不是画家同好，就是画商保罗，但德加专心创作时，很讨厌他们烦人地不停敲门。正因为了解这点，玛丽为了让画室主人不用开门就知道是自己来了，总是只敲两下门。只要发出优雅的敲门声，她就已获得不需一句“请进”也能径自踏入画室的特权。

“你好，埃德加。好冷哦。外面已经开始下雪了。”

进了屋关上门后，她摘下袖筒与围巾。以前，如果没有女性友人陪同，独自前往男性的房间——哪怕是对画家同好永远敞开大门的画室——对于出自上等家庭的玛丽而言是难以想象的事。但是，德加总是板着脸很不高兴，在淑女面前也不肯讲句好听的话，因此玛丽的朋友渐渐对他的画室敬而远之。

玛丽渴望知道他的创作秘密，频繁前往德加的画室，在只闻铅笔滑过纸面的寂静中，她屏息旁观这位被她尊为心灵导师的画家，以惊人的写生实力将模特儿在二维的世界再生。德加会让舞者摆上几小时的姿势，而玛丽只是在旁默默凝视画家将之画下，最后朋友再也受不了这样的她，不肯再陪她前来。若要独自造访画室，玛丽终究有点踌躇，但德加干脆地说“我一点也不想吃掉你。”于是，虽然心情有点复杂，她还是像过去一样，不，是比过去更频繁地继续造访画室。

埃德加·德加对你的作品很感兴趣，想拜访你的画室——当初听到他的友人这么表示时，玛丽是多么惊讶啊。那个德加居然要来自己的画室！她换上新做的流行洋装，让女佣把屋子里仔细打扫干净。然后，把最好的作品——如果去报名官方美展绝对不可能入选，是有点尝试冒险的作品——放在画架上，等待她崇拜的画家到来。

果真前来的德加，是个眼睛蕴藏晦暗、深厚热情的男人。驼背的他，当胸交抱修长的双臂，向前屈身把脸凑近玛丽的作品，像要仔细鉴赏般从各种角度检视，然后他开口了：“看样子，你也和我一样，注定要脱离常轨呢。”他说。

德加的画室有个小小的前厅。靠门口竖立着挂衣架，玛丽把外套与围巾挂在那上面，“呐，埃德加。说到明年——”她一边对隔壁房间里八成正在专心画草图的画室主人发话，一边走进里屋。

“明年参加‘印象派画展’的作品你构思好了吗？我想到一个不错的点子。所以今天，我想找你……”

踏入画室一步后，玛丽猛然驻足。

垂挂黑布的墙壁前方，站着一位少女。而且，少女竟然不着寸缕。稚气未消的小脸，一看到玛丽，霎时僵硬。玛丽倒吸一口气，急忙转身背对她。

“嗨，玛丽。你刚才说明年印象派画展的点子怎样了？”

没停下拿铅笔的手，在创作时总是穿着长袖罩衫的德加说。玛丽依旧面朝自己刚刚走进的门口，“对不起，打扰你创作了。”她感到自己满脸通红。

“我一定打扰到你们了吧。我好像应该先告辞。或许等你速写完毕，我再过来比较好？”

“说什么傻话。你每次不都是在我创作时来捣乱吗？”德加以含笑的声音回答。“没关系，你就留下来吧。况且我马上就好了。”

玛丽移至前厅，在那边的长椅上坐下。她完全慌了手脚。虽然德加向来都是对着模特儿创作，但撞见全裸女性这还是头一遭。而且，竟然是个未成年的少女。才刚刚隆起的小乳房，稀疏的阴毛，在成年男人的眼前，一切都暴露无遗。虽说是为了艺术，但这未免太残忍。

颓然倒向椅背的玛丽面前，忽然有个裹着粗糙大衣的身影如一阵风窜过。正要开门离去的少女，被玛丽的一声“慢着”叫住。本来没那个打算的，但玛丽不由自主起身，迈步朝少女走近。

“请告诉我，是你自己想要这么做吗？”

对于陌生女子的唐突问题，一瞬间，少女露出不可思议的表情。玛丽又问一遍：“是你自愿成为裸体模特儿吗？”

“茶泡好啰，玛丽。”画室那头，传来德加的声音。少女耸起肩膀，不发一语地将身体滑入门缝，就这么溜走了。

画室里，脱下罩衫的德加拿着茶杯与碟子伫立。“你的表情真可怕。”他一看到玛丽就露出苦笑。

“那孩子是谁？”玛丽尽可能强作镇定，开口问道。即便如此，声音中还是不免露出厌恶。

“我知道你为了创作需要模特儿。但是，找那么年轻的孩子……而且，还让她裸体……”

一声巨响，德加把茶杯与碟子重重放到作业台上。红茶顺势泼洒到速写簿上。速写簿里，可以看到画有各种角度的少女裸体。

“这可不是游戏。这是战斗，玛丽。”

德加以阴郁低沉的声音发话。

“别以为被人称为什么‘印象派’就可以洋洋得意。即使自以为是地对官方美展揭竿起义，实际上，世人恐怕只不过是把我们当小丑看待。如果保持这种现况，未免太温吞了。”

玛丽把脸撇开躲避德加那燃烧般的冷酷眼神。视线前方，是被弄脏的速写簿。泼洒的红茶污渍，宛如冰冷的血，浸湿少女贫瘠的乳房。

与德加开始交流后，玛丽已经断然放弃参加官方美展。她老早就感到自己的目标与官方美展的做法似乎有微妙的差异，但遇到他后才发现，毋宁说是截然不同。

但是，谈到有勇气对官方美展举起反抗大旗的“疯狂”艺术家，德加与玛丽并非第一个。爱德华·马奈[5]描绘衣衫整齐的男性与裸体女性野餐风景的《草地上的午餐》，虽是官方美展的落选作品，但市民也有公平观赏的权利，因此在“落选展”展出，从此令部分画家开始感到“有些什么不同”，于是有了独自发表作品的机会。

抛开经过精心设计的构图、历史性的风景、神话、肖像等寻常通俗的主题，以及画得光滑细致的画面肌理，把眼睛所见、所感，用瞬间笔触画出。“依照印象直接作画”，换言之，没有缜密的构图，也没有熟练的技巧，只是任性妄为画成的拙劣画作——他们饱受批评家如此嘲笑的作品，之后被冠上那个揶揄的称号——“印象派”。玛丽在迪朗·吕埃尔画廊的橱窗发现德加那幅描绘舞者的粉彩画后，

5 爱德华·马奈（Édouard Manet，一八三二至一八八三），出生于法国的写实派与印象派画家。

翌年，也就是一八七四年，在摄影家纳达尔[6]的工作室，举办了“第一届印象派画展”。

一八七七年，德加初次造访玛丽画室的那天，他邀请玛丽参加印象派画展。有什么理由说“不”呢？玛丽确信，这次终于可以摆脱官方美展的因循旧习，自由展翅飞翔。

不管去哪里，自己都是美国人，是女人。一辈子无法逃离这种束缚。但是，身为一个人，一个画家，今后她要自由表现，依照自己的作风活下去。

一八七九年，第四届印象派画展展出，玛丽自信满满地首次参展。但是，在那次展览上，德加与其他成员的龃龉浮上台面，西斯莱、雷诺阿、塞尚[7]皆未参展，但到场观赏者反而比预期中更多。

正如德加与其他印象派画家设定的目标，世间的耳目，相较那些大同小异、于无聊的官方美展展出的作品，开始集中在更有个性也更通俗的印象派作品上。所谓的绘画，在过去，是尊贵、难以处理、

6 纳达尔（Nadar），本名加斯帕德·费利克斯·图尔纳雄（Gaspard-Félix Tournachon），一八二〇至一九一〇，法国早期摄影家，以替十九世纪许多名人留下肖像闻名于世。

7 保罗·塞尚（Paul Cézanne，一八三九至一九〇六），风格介于印象派到立体主义画派之间。

不易亲近的。但是现在不同了，印象派的画作是如此有魅力且平易近人。人们的“共鸣”，正是印象派画家们最强而有力的后盾。

新的绘画手法没有范本。画家们在街头与人们的生活中发现主题，带着画架与管状颜料及调色盘，纷纷走向户外光线中。但是，德加不同。对描绘“瞬间”燃烧执念的他，开始对芭蕾舞者的动作产生特别强烈的兴趣。他成为歌剧院的会员，夹杂在得以出入舞台幕后的少数男人之间，仔细观察舞者练习时的风景。他画出的舞者动作太具有瞬间感，甚至令人怀疑德加是否拥有超强的视力，但其实并非如此。普法战争时，志愿加入国防军炮兵队的德加，在战争中发觉右眼出现异样。早在开始参加印象派的活动前，他的视力显然就已退化了。

为了描绘“瞬间”，他雇用舞者当模特儿，热心研究姿势。为了将她们的“一瞬”变成“永恒”，他耗费庞大的时间，根据几百张速写草图，在精密的计算下制作作品。

“没有现实性是不行的，那与写实不同。”德加热心劝谕开始追逐自己的女画家玛丽。

“什么是现实？那个，就是我追求的。是我心之所向。”

德加为了创作付出的壮烈努力，玛丽有机会近距离看到。那对画家而言或许堪称幸运，但对女性而言不得不感到心境复杂。在画室一角，玛丽只能怀着苦涩又激励的心情，旁观舞者有耐心地摆姿势。有时画家的要求甚至令人感到屈辱，但她们还是爽快地配合。玛丽早已理解她们所处的特殊位置。

舞者们几乎都是来自贫困的家庭，为了帮助家计，只好在舞台上抬起大腿。出入舞台幕后的男人们，都是对她们品头论足、企图挑选一个来当情妇的金主。若成为有力人士的情妇，便可成为舞台上的明星。可以领到大笔薪资，可以养活生病的父亲、辛苦的母亲以及年幼的弟妹。舞者们的目标，仅只有一个：成为舞台上的首席“明星”。

“她们现在连星星的碎屑都算不上。我就是要从那之中，找出勉强可能成为明星的女孩，让她发亮发光。”

不断从歌剧院带舞者回画室的德加，为何那样坚持非要带舞者回来？对于玛丽这个单纯的疑问，他是这么回答的。

只要成为新锐画家的模特儿，不但可以拿到按时计酬的法郎，知名度或许也会上升。看到画中的自己，说不定会有好金主出现。舞者们之所以能够连续好几个小时摆出困难的姿势却毫无怨言，正是基于那个切实的理由。

那个少女，肯定也是同样的处境。

自从目击全裸少女后，玛丽就再也不去德加的画室了。她的心头一直压着沉甸甸的铅块。

这是战斗。当时德加如此声称。他还说，保持这种现况，未免太过温吞……

是因为不满世人渐渐接受印象派吗？被世人接受，不正代表我们的战斗获得了胜利吗？

对于散发出奇妙杀气的德加，玛丽实在无法理解。

如果去画室，说不定又会撞见那个少女裸着身子。虽然很好奇那幅速写将会成为什么样的作品，但她觉得现在不应该去见德加。自制的心情，反而令玛丽更加烦躁。

这是一种很不可思议的感觉。越是觉得不该去见德加，就越有一股冲动想霍然从椅子跳起，穿上大衣打开家门。不能见面这个念头，与想见面的念头，以同样的强度压迫着玛丽的心。

她也曾一边翻阅小仲马的《茶花女》，一边将主角玛格丽特的心情与自己的心情迭合。但是，这种千丝万缕的复杂心绪从何而来？三十六年的人生中只有绘画的玛丽想不明白。

玛丽的风格，与以前参加官方美展的时期明显已大不相同。不再是定型化的肖像画，而是纯真少女在室内休息，或自然不造作的家族风景之类令观者感到亲切的题材。同时，她也用德加教授的粉彩，以鲜艳的色调装饰画面。那本是德加喜爱的风格，如今却成为玛丽的特色。

对玛丽而言，德加的影响力深不可测。无论是对她的作品，还对她的人生。这时她开始感到有点害怕了。

再这样下去，无法进步。

下次印象派画展的参展作品，已到了必须立刻着手进行制作的时刻了。但在心头笼罩迷雾的情况下，不可能画出好作品。这点说什么都得避免。

玛丽穿上貂皮袖筒与帽子、围巾、大衣，毅然前往德加的画室，纯粹只是为了下次的印象派展览交换意见——这是唯一的目的。

伫立在门前，她调整呼吸，正确地敲了两下门。没回音。她悄悄开门，对着画室，刻意以开朗的声音喊道：

“哈啰，埃德加。你正和你的小舞者在忙着吗？”

画室内鸦雀无声。玛丽竖起耳朵，甚至没有铅笔滑过纸面的声音。玛丽感到好像撞上什么不得了的场面，愣怔伫立在前厅，动弹不得。

过了一会，德加倏然自画室探头出来。

“嗨，玛丽。你怎么了？我还以为你会进来。”

“不是，那个……”情急之下，玛丽思索该如何回话。“我觉得，好像不该进去。”

“什么嘛，太不像你的作风了。”德加笑了，努动下颚。“进来吧，我正好刚完成模型。”

模型？

这个字眼很陌生。玛丽歪头不解，却还是鼓起勇气走进画室。没看到那个舞者的人影，反倒是有许多可放在手心上的小蜡像，排放在作业台上。

她屏息走近作业台。那是还鲜明留有德加指印的舞者裸体塑像。或许是直到刚才还在调整形态，德加的双手都被蜡弄得滑溜发光。

玛丽本来想象他正在创作特别富有野心的作品。但是——没想到，他居然是在雕塑。

“我不是讲过了吗？这不是游戏，这是战斗。”

德加满足地望着玛丽吃惊的表情说。

“这个，要在下次的印象派展览展出？”

德加默默点头。然后，像要强调似地，又重复一次。

“这是战斗。是我的——同时，也是那孩子的。”

这是个细雪纷飞，冷到骨子里的傍晚。玛丽在面对歌剧院后门的小巷，双手紧紧缩在貂皮袖筒中伫立。

独自站在修路工人及菜贩推车穿梭的路上，是平时的自己难以想象的行为。但是，许多舞者天天都是走这条路往返剧场，玛丽如此告诉自己。

向剧场的服务处人员询问后，得知舞者的练习会在下午五点结束。她取出在袖筒中紧握的金色怀表看时间。五点十分了。

她从四点半左右就站在这里，有数辆马车停下，头戴礼帽的绅士出现，走进剧场。仪容与举止看起来都很体面的他们，是为了对女孩们品头论足而来到此地。那就是现实。把那个现实告诉玛丽的，是谁呢？是德加。

你大概无法想象吧。但是，舞者们为了被金主看上，正付出血泪交织的努力。

敞着大片胸脯的紧身衣，偶尔可以窥见私密之处的蓬蓬裙，让双腿看起来更美丽的舞鞋。为了在聚光灯下看起来更华美，脖颈涂上白粉，嘴唇抹得艳红。殷勤的笑脸，优雅的举止。一切的一切，都是为了吸引有钱的绅士。她们自身，成了赚钱的工具。

你要仔细听好，玛丽。的确，对你这种不知民间疾苦的千金大小姐来说，或许下流得不堪听闻。但是，那就是现实。而且，那个现实，你不觉得与某种东西惊人地相似吗？

是的。她们，就是我们。这套运作系统，与我们所属的美术世界极为相似。艺术家与金主。我们不也是为了吸引金主的注意，为了赢得他们的认同，天天埋头作画吗？如果找不到金主资助，我们不也是同样活不下去？我们不也一样渴望成为这个世界的明星吗？无论是你，还是我。玛丽，我们，就是她们啊。

所以，我会继续画下去。画宛如星星碎屑的她们。一边梦想着，有一天不再只是渺小的碎屑，而是成为闪耀夜空最大的一颗明星。

自后门走出身穿粗陋大衣的纤细身影，一阵风似地扫过视野。玛丽霍然一惊，连忙追上那个背影。就在对方即将拐进前面那个转角时，“玛希！”她喊对方的名字。

甩动着缎带扎起的长发，少女小玛希转过头来。

她的名字是从德加那里听来的。玛希·凡·戈特姆，十四岁，父亲是裁缝师，母亲是洗衣女工。姐姐因偷窃坐牢，沦为娼妇。比她小三岁的妹妹，马上也要进入芭蕾教室。为了卖身给金主——那样的身世，玛丽全都知道了。

“你还记得我是谁吗？我想或许能遇见你……我一直在后门等你。”

玛丽以宛如母亲的温柔口吻，对她发话。少女浑身僵硬，抿唇不语。她那倔强的样子令玛丽感到困惑，“方便的话，要不要来我的画室？”玛丽鼓起勇气提出邀请。

“我也是画家。如果你肯来我的画室，会有热巧克力招待，以及……不嫌冒昧的话，也会给你一点酬劳。”

少女对玛丽投以一瞥的眼睛彷佛结冰的湖面，但过了一会，还是微微点头。得到首肯，玛丽把手放在那纤细的肩上，拦了一辆马车，带少女前往位于蒙马特的画室。

玛丽的画室，与德加及其他画家的画室比起来，更井然有序。男画家或许喜欢在混沌中筑巢，但玛丽讨厌邋遢。数量庞大的画布、调色盘与颜料盒、石膏胴体像，一切都有固定的位置，室内有种舒适的秩序。造访此地的人，一律都会夸赞一声“好干净”的画室，是玛丽的骄傲，但这位小舞者，即便应邀进入画室，对画架上未画成的画作也视若无睹，反而像要计算木头地板有多少花纹般一直低着头。

“把大衣脱下，放轻松一点。”玛丽以很在意少女的样子，尽可能开朗地说道。“我去叫隔壁咖啡馆送巧克力过来。在那之前——”

突然间，玛希把大衣往印花天鹅绒长椅用力一甩，

“全部脱光就行了吗？”

她桀骜不驯地说。

“我该摆什么姿势才好？你尽管吩咐。”

玛丽一听，看着少女的眼睛。那是燃烧般的冷澈双眼。玛丽感到尖锐的视线中还带有一丝轻蔑。“不是的。”她急忙澄清。

“我并不想画你的裸体，我只是想和你聊一聊。”

“聊什么？”玛希依旧语气僵硬地回话。“只要聊天，就会给我钱吗？”

玛丽轻轻叹息。“你先在这儿坐下。”她请对方坐长椅。玛希防备地耸起肩膀，但还是依言在椅子上坐下。明明应该很紧张，但玛丽却眼尖地发现，少女的一连串动作全都带着舞者特有的轻盈。

“可以告诉我吗？你，为何会决定成为德加先生的模特儿？”

当然，她早就知道是为了钱。但是，她总觉得在画家与少女之间，好像还有超越金钱关系的东西。否则，她想不透德加有什么理由如此用心地制作这个少女的塑像。

德加以少女为模特儿制作了许多裸体模型。根据那些模型，这次，他开始塑造一公尺高的少女像。在印象派展览公开前必须保密——在这个条件下，德加给玛丽看了几近完成的塑像。看到那个时，玛丽差点叫了出来。那已超越写实，甚至逼真得有点令人惊悚，俨然是栩栩如生的舞者模样。

用蜡固定的肌肤闪耀着晶莹剔透的光华，以真发做成的长发用刺绣缎带扎起。身穿亚麻马甲与细棉布蓬蓬裙、舞鞋与袜子的少女，随艺术家的心意摆布，宛如任人宰割、属于神的羔羊。

发现微闭的眼皮上甚至有睫毛，“这是为什么？”玛丽忍不住尖声叫了出来。

“为什么要做这么逼真的塑像？是为了让那孩子完全被你拥有吗？”

玛丽没有迟钝到察觉不出德加对这塑像倾注的异样热情。同时，看到塑像的瞬间，她内心也吹过一阵不知名的狂风。玛丽怎样都无法正眼凝视那座塑像。让人感到那是不该看的东西，这是德加的惯用手段。可是，偏又恨不得瞪出洞似地死盯着看。嫉妒与羡慕交织的热潮，令玛丽心神激荡不已。

已经鞭长莫及了。玛丽如此直觉。

埃德加已去了我鞭长莫及之处，就算去追也追不上了。简直，像去了星星高挂之处……

德加冷静地看着女友人的反应，什么也没回答。玛丽感到，自己内心充斥的某种纤细事物出现裂痕。她把目光从少女塑像上撇开，以颤抖的声音说道：

“这座塑像的事，我不会告诉任何人……我说不出口。”

就这样，她离开德加的画室。

现在，眼前的少女，与那座塑像惊人地相似。她本就是塑像的模特儿，这是理所当然的，但那座塑像，与这个女孩，究竟谁才是“本尊”，似乎难以判定。玛丽很混乱。少女垂下与那座塑像分毫不差的长睫毛，以细不可闻的声音说：

“他说要让我成为‘明星’……”

玛丽蓦然回神，在小玛希的身旁坐下。

“成为‘明星’？是德加先生这么说的？”

玛希微微点头。

“意思是说他会当你的金主？”

玛丽心跳急促地继续追问，这次少女摇头。

“他说如果我变成雕塑品，全世界的人都会大吃一惊……那个雕塑品应该也会卖出更高的价钱，到时候，他说会把那笔钱都给我……他还说，我一定会变得很有名，被提拔为首席舞者、变成‘明星’……”

为了帮助贫困的家计，玛希十二岁那年进入歌剧院的芭蕾教室，当时德加就已发现了她。

她那上仰的下颚形状很美，栗色头发看似细软也很美。但更重要的是，她跳跃的姿势很美。那轻盈延展的跳跃，几乎可碰到星星，宛如身有双翼。

德加每天站在舞台幕后，旁观玛希的舞姿。最后，他把她叫到舞台旁边，开始交谈。玛希点点滴滴道出自己的身世。

德加付酬劳给玛希雇用她当模特儿，并且与剧场经理商量，请经理千万不要给她介绍奇怪的金主。

她迟早会成为“明星”。所以，德加希望好好栽培她。

当着她的面，他热心劝说经理与芭蕾教师。在华丽的剧场舞台后面，在挑选哪个舞者最适合当情妇的那群男人之中，唯有他是不一样的。

只要他想要，她什么姿势都愿意摆。不知不觉，比起跳芭蕾舞，玛希更热衷担任德加的模特儿。

若是这个人，我愿意追随他到天涯海角。若是这个人，我愿意奉献我的一切。

就在她开始产生这种想法时，很突然地，德加宣布："你不用再来画室了。"因为以你为模特儿的作品几乎已完成了。这个理由，令玛希感到自己彷佛被推入深不见底的湖里。

金钱，或者其他任何东西，我都不需要。甚至放弃芭蕾舞也行。我只想帮老师的忙。

对于去画室如此恳求的少女，德加说：玛希，那是不行的——

你的目标，不是要成为"明星"吗？那一天，肯定不远了。

你要专心练习，认真跳芭蕾舞。然后，等那座塑像卖掉了，我会遵照约定，把钱全部给你。所以，你不用担心家计的问题，继续跳舞吧。要战斗——而我，也会继续战斗。在我有生之年。

少女一边向玛丽娓娓诉说，泪水终于忍不住夺眶而出。凝视着滑过红润脸颊的泪水，玛丽发现，自己的脸颊也湿了。少女的泪水，大概是为心碎的初恋而流。但是，自己的泪水代表什么，玛丽却无从得知。

玛希与自己，无论是年纪或立场，任何方面都不同。但是，两人都知道有一颗星难以企及。那或许就是分享这种心痛的泪水。

《十四岁的小舞者》。

少女的塑像，在第六届印象派展览展出，令众人惊叹不已。然而保守派的批评家们不屑地抨击“那是恶心、丑陋的人体标本”。

荒谬的低俗趣味。除了艺术家一心想将未成年少女“占为己有”的自私之外别无其他。埃德加·德加，你知不知道羞耻啊——

在玻璃柜中摆姿势的舞者，承受万众瞩目，悄然伫立。

结果，舞者塑像并未卖掉，就这样消失在德加画室的最深处。

玛希没有成为“明星”。数月之后，她离开了歌剧院。

美术仓库的坚固大门，再次挂上重重大锁。

双手戴上丝质手套后，玛丽伸出右手，作势递给乔塞夫。

“啊……这次，让我来带路好吗？”

一只手从旁伸出，是保罗牵起玛丽的右手。玛丽的嘴角挤出皱纹，嗫嚅一声“谢谢”。

保罗、玛丽、乔塞夫依次上车钻进汽车后座。引擎发出巨响发动。不等车子驶出，“你也不知道她的下落吗？”保罗低喃。

“毕竟那已是三十六七年前的往事了。过去隶属歌剧院的芭蕾舞者名册我也仔细调查过，可惜就是没找到。”乔塞夫插嘴说道。

“你真的很讲信用。”玛丽叹气。

“居然还记得埃德加说过，那件作品如果卖掉了要把钱全部给她……想必，他也会在天国称赞一声：迪朗·吕埃尔果然不是普通人物。”

“若真是那样就好啰。”保罗挤出满脸皱纹笑了。

“我只是想尽量忠于艺术家说的话。无论过去还是现在。”

玛丽微笑。然后，“谢谢。”这次，她是明确地盯着保罗的侧脸说的。

“谢谢你让我再次见到她。”

汽车驶过石板大道。在巴黎的街景上方，晚霞渲染的冰冷天空中，第一颗亮起的星星正在闪烁。

Claude Monet

唐吉老爹

Le Père Tanguy

世纪末，掀起一股旋风改变了这个国家的艺术。
就在唐吉的小店。

——爱弥儿·贝纳

一八七八年四月二十一日巴黎

亲爱的保罗·塞尚先生：

衷心期待您能看到这封信。

因为，我们真的很困扰，不知如何是好，所以身为女儿的我，只好代表全家写信给您。

承蒙您与其他艺术家昵称为“唐吉老爹”并得以深交的家父，并不知道这封信的事。是家母与我，瞒着父亲，私下商量后决定直接写信给您。我的文章写得不好，或许会有文句不通之处，还请见谅。

自您回去故乡艾克斯·普罗旺斯后，算算已近一个月。据说您临走时告诉家父过几个星期就会回来，就此离开了巴黎的画室，还把钥匙交给家父保管，声称若有人对您的作品有兴趣并找上家父，不管是谁，都可以带去您的画室……您说的到底是几个星期，老实说，家母很困惑。她还说，若是四星期的话差不多快满了，若是六星期的话那还早呢。

我们之所以屈指计算您的归期并翘首以待，是有原因的。

比方说家母——不好意思，我就直接挑明了——是希望您能尽快付清积欠已久的颜料费。

家父经营的画材行，的确在这花都巴黎的一隅开门营业，但如您所知，一点也不起眼，更不算成功。

乍看之下，店里似乎很热闹，至少进进出出的人潮很频繁。但是，会到我家店里的，都是阮囊羞涩的艺术家……

我们开的是画材行，有艺术家频繁出入也是理所当然的。但是，事实上，当初家父决定在巴黎开店时，家母本来抱着更大的期望：若是成为官方美展常客的画家肯上门光顾，有机会经手他们的作品买卖的话，我们的生活应该可保安泰。

可惜，事情的发展不如人意。立志入选官方美展的艺术家预备军倒是会来店里，但学院的老师们始终没出现。后来，更成了官方美展落选者专用的店……甚至还传出不光彩的流言，说什么若用唐吉老爹店里的颜料作画，一定会在官方美展落选。虽然不甘心，但多多少少，也觉得这个流言好像说中了一点事实。会这么想，本身就令人很不甘心。

虽然成为这么不光彩的店，家父却丝毫不以为意。他仍然对世人不肯认同的艺术家们非常重视。只要他们肯来店里，父亲就已很高兴了。

所以，以家父的立场，翘首等待您归来的理由，纯粹只是因为想见您。因为他一直期盼见到您后能够一睹您的新作品。

家母冷眼旁观这样的父亲，照她的说法，父亲等于是做了一门无药可救的买卖。只晓得批来颜料，转手就直接交给画家。按照普通的想法，不这么做的话根本不可能开画材行，所以应该是值得庆幸之事，问题是我家的情况不同。现在急需大量的朱红色与红褐色七号，等下次作品卖掉就结账。全是这样在口头上讲得信誓旦旦的人……是的，塞尚先生，我指的就是您，您懂吧。

我对您绝无恶意，也相信如果作品真的卖出去了，您肯定会把所有的帐一次结清。所以您说希望再宽限一段时间，想必是真心的。但是，那也正是您的可恨之处。家父只要听到自己醉心的艺术家说现在就想作画，需要颜料，马上就会双手奉上商品，还说什么时候给钱都没关系。而您，早已看穿家父的这种个性。

曾几何时，店里头已堆满了艺术家们拿来抵押颜料费的作品。家父的本意似乎并不希望如此，但现在提到“唐吉老爹的店”，好像就是指巴黎最容易赊账的画材行兼画廊。

这种情况下，我家的店迟早会倒，家母如是说。的确，如果再这样继续下去，家父说不定得关门大吉。由此可见，我们一家的处境有多么艰难。我并不是说这都是您一个人害的，而是包括您在内，好几个画出奇妙画作的艺术家们一同造成的。

即便如此，家父对于自己的生意，从来不曾抱怨过很困难、很痛苦、或是想放弃这种消极的话。说出消极话的，永远是家母——最近，被家母传染，连我也变成这样了。

家父他，该怎么说呢？只要您，或是其他那些艺术家出现在话题中，他似乎就会雀跃地想到什么愉快的点子，看起来生气蓬勃。而且，他还大声发出宣言：崭新的艺术浪潮要来了！我就站在那乘风破浪的大船船头！……云云。

家父有点可笑的言行，我想很大部分是受到艺术家的影响。但老实说，比起艺术家，频繁来店里“鉴赏画作”的顾客们好像也对他影响颇深。尤其是医师保罗·嘉舍[1]和威克特·裘贵[2]先生这两人，和家父特别投缘。毕竟，裘贵先生正是把您介绍给家父的人。

最狡猾的是，裘贵先生不向如今已成为您专属画商的家父买画，到现在还向您本人直接买画，对吧？就算隐瞒，我也一清二楚哦。

但是，家父丝毫不曾责怪裘贵先生。我曾听到他对先生说：“这是介绍者的特权所以无所谓，倒是保罗的画，请你用更高的价钱购买，因为他身为画家，已到了必须独立的时期了。”真是的，要当滥好人也该有个限度吧。

裘贵先生也好不到哪去，把家父的话当成耳边风，还说什么：“不不不，保罗要更上一层楼还要看今后的表现，在那之前顶多只能照这个定价付款，不过，我出的这个价钱已经比那个保罗稍微好一点了，

1 治疗凡高精神疾病的主治医生。

2 印象派画家雷诺阿曾为其作画。

否则，那家伙，会把这个保罗的新作全部拿走云云。”真不知他到底该算是好人还是坏人。

那个保罗，嘉舍医师，对家父而言，倒是个好主顾。起初，医师也是直接向您购买画作，但是自从家父成了您的专属画商后，医师总是特地通过家父购买您的作品。

不管您在不在巴黎，嘉舍医师从他开诊所的奥维小镇（Auvers-sur-Oise）来巴黎出诊时，总是会顺道来家父的店里。然后，不管店内陈列的画材，只顾着把堆栈的画一张一张靠墙竖立，仔细打量，如果有中意的作品就照家父开的价钱买下。画那幅画的艺术家如果就在附近的咖啡馆，医师还会与家父一同去那张桌子，请艺术家喝一杯葡萄酒，然后才离开。我觉得那个人，才是新艺术的庇护者。

当然，裘贵先生想必也是……不过话说回来，裘贵先生在我看来，还是有点太奸诈了。虽然他也会通过家父买画，事后却直接与艺术家联络，叫对方如果有了新作品，在交给唐吉老爹之前先拿给他看。我就曾经听过好几位艺术家向家父如此坦承。那种时候，家父总是笑嘻嘻地反过来建议对方：“如果威克特肯以比我更高的价钱买画，还是那样做比较好哦。”听到家父这么说，或许反而令艺术家感到不安，连忙一本正经地说：“不不不，还是让他到老爹这里来买吧，那样子，也等于是在推动我们的新艺术抬头。”结果，大家都还是希望把作品寄放在家父的店里。

您去艾克斯旅行后过了一阵子，裘贵先生与嘉舍医师在家父的店里巧遇。家父非常高兴，请二人到店面后方的小客厅——对，就是您与家父及其他艺术家休息的那个场所。如您所知， 这三人，在某方面等于是同志。不知该美其名曰支持新艺术的绅士同盟，还是对既存艺术拚命丢沙子的一群老顽童……

我立刻端咖啡与点心送去桌上。虽然许多艺术家没看到酒就不满意，但这二位倒是令人抚胸暗自庆幸的绅士。

“听说，那个展览，今年好像不办了。”

裘贵先生点燃烟斗说。嘉舍医师马上接腔：“对，我也听毕沙罗这么说。”先生把大块头的身躯倚着木椅，不停吸着烟斗喷出烟雾。

“好像是内部摆不平。大概是因为第二届和第三届都在迪朗・吕埃尔的‘画廊’举办吧。艺术家之间互相怀疑某人得了好处，这种情形很不好。还是该像主办第一届的纳达尔摄影工作室那样，在中立性较高的场所举办……”

“那是因为你错过第一届才会这么说吧，威克特？”

顿时，医师的语气略带恶意，如此说道。

“我记得你好像提过，在雷诺阿的邀请下，看了第二届展览，大受冲击……第二届时，塞尚没有参展吧。”

“没错。但雷诺阿的那幅《阳光下的裸妇》实在是杰作。不知哪来的三流评论家还抨击那是尸体完全腐烂的状态……后来，腐烂尸体画家雷诺阿，就把疯狂画家塞尚介绍给我了。”

他们在聊的，当然就是那个“印象派展览”。家父说过，四年前第一次举办时还没有那个称呼。完全是对新艺术不了解的白痴批评家，基于对展览第一眼的“印象”半是好玩地如此戏称。起初听了还很气愤，可是后来，不知不觉中，家父，世人，乃至艺术家自己，似乎都已接受了那个称呼。

裘贵先生或许是越讲越起劲，索性把第三届印象派展览时，您，保罗·塞尚，所得到的许多恶评一一背诵出来。

——这是在妄想的颤抖中画出的疯狂画作！画出这差劲作品的到底是哪只蠢猪？把他带到墙壁前！画出这种东西的人应该立刻枪毙！各位，看到油画构成的恶梦，可千万别被吓昏了！

简直糟透了。全是不堪入耳的残酷评论。但是，这三人却一同朗声大笑。感觉上，就像是实在太悲惨了所以只能一笑。

“不过，第一届与第二届展览之间，空了一年……想必，明年应该会举办吧。”

医师这么一说，家父立刻接腔：

“那当然。不办就麻烦了。一定要让画家们轰轰烈烈地搞出特别有趣的东西才行。非得让世人大吃一惊不可。我就是为了目睹那一瞬间，才做这一行。”

家父以前做过画材推销员。在巴黎及近郊城市，跑遍各个艺术家的画室及学校，上门推销颜料与画笔。年轻时，他在制造颜料的作坊工作，从事的是将色料研磨成粉再用油熬制的作业。如果从他的人生中拿走颜料，以及使用颜料的画家，八成会变得索然无味。

这么一想，家父与颜料与画家的关系，或许被肉眼看不见的强韧丝线紧紧绑在一起。

父亲刚成为颜料工人时，据说颜料是装在黄铜针筒中，用活塞推出来使用的。画家必须拿着空的针筒去颜料行，请店家填充新的颜料。过了一阵子，发明了“挤出式颜料管”，前端有小盖子的锡制颜料管从此普及。画家们首先高兴的，就是颜料用光时不必每次都得把针筒清洗干净，摆脱了那种麻烦。从此，许多艺术家，开始带着管状颜料与画笔及画布，到户外创作。

照家父的说法，正是管状颜料将艺术家自苦闷的旧习中解放。如果不在阴暗寒冷的画室里，与模特儿或静物长时间面对面，忍受窒闷的时间与孤独，就不可能画出官方美展会认可的杰作——那是上一个时代的恶习。我们这个时代的艺术家不同。为了寻求户外光线、闪亮的风、新鲜的空气，为了发现街头的喧嚣与热闹，他们毫不畏缩地相继走向社会，走向辽阔的世界。可以一个人出门，也可以与志同道合的伙伴一起创作。相较于那些愁眉苦脸地窝在密室里，凭借幻想描绘裸女（指的是维纳斯）的那些色情狂（指的是官方美展画家）——怎么样？瞧瞧聚集到老爹我这里的艺术家们，是多么豪爽，多么开朗！而这一切，都是因为这世上有了管状颜料。赞美管状颜料！

家父如此说着，每次总是眉飞色舞，非常开心。

言归正传。因此，裘贵先生与嘉舍医师还有家父，和乐融融地大聊艺术话题。

“对了，老爹，现在你这里有塞尚的作品吗？”

彷佛忽然想起，裘贵先生问道。

“噢，很遗憾，我这里没有。”家父摇头说道。

“不过，如果您愿意的话，我可以带您去保罗的公寓。还有几幅他去年在奥维画的作品。”

“保罗不在家吧？”嘉舍医师问。

“对，没错。目前行踪不明。”家父爽快地回答。

“他临走的时候，说要回老家一趟，很快就会回来，但谁知道他到底去哪了。恐怕会出去很久吧，因为他连公寓的钥匙都交给我保管了。真是的，保罗、克劳德[3]、奥古斯特都是……说要出门，就不管三七二十一的说走就走。简直像流浪汉。到底去哪里，正在画什么，谁也不知道。不过，想到这次他不晓得又会带什么样的新画作回来，好像又有点兴奋呢。”

如果有人想看作品，不好意思，请把人带到威斯特街六十七号的公寓去——家父沾沾自喜地表示，是您这样委托他的。

3 克劳德・莫奈（Claude Monet，一八四〇至一九二六），法国画家，印象派代表人物和创始人之一。

“那么，每次有这种客人上门，你就在这里以茶水点心招待，陪对方说话，还雇来马车，专程陪人家去保罗的画室看画？”

“对，那当然。”家父笑咪咪地回答。“能够帮上保罗的忙，我很高兴。”

先生与医师不约而同面面相觑，然后吃吃笑了出来。“有什么好笑的？”家父笑咪咪地问。

“哎呀呀，真是的，你简直就像塞尚的亲爹。”

先生半是感叹半是调侃地这么一说。

“不只是塞尚哟。老爹是来这个店里的所有画家的‘老爹’。”

医师纠正他的说法，露出微笑。

就这样，我的父亲——您的父亲，所有画家的父亲，朱利安·唐吉，正在苦候您的归来。

而且，在那之前，我的母亲，更企盼您的消息。请给一句保证，说您会立刻把欠我们店里的钱通通偿还。

这不是骗人的。如果您，以及其他画家不能立刻将积欠已久的帐清偿，唐吉老爹的店，恐怕马上就要倒闭了。就在前几天，向来批货给我家的颜料作坊已派人来下达最后通牒，如果不把积欠的货款付清，他们绝对不会再送颜料来，而且还要把这里的画全部拿走抵债。

万一变成那样，真的很麻烦。家父，家母和我都会很困扰，但是最困扰的，恐怕将会是您与其他艺术家吧。因为就算找遍整个巴黎，想必也不会再有第二家店可以拿卖不出去的画来交换颜料。

我衷心期待，您能尽快做出诚实的答复。

画材商／画商朱利安·唐吉的女儿敬上

§　§　§

一八八六年十一月二十三日巴黎

亲爱的塞尚先生：

对于您最大的支持者、最敬爱的令尊去世，实在令人感到遗憾。

令尊在您的故乡艾克斯·普罗旺斯是知名的银行家，虽然有一阵子与您关系疏远，但他一直在经济上支持您，还在查德布凡（Jas de Bouffan）的别墅特地为您设了画室，这些都是您曾经告诉我父亲的。还有，您很苦恼无法将您的伴侣，也就是您的儿子小保罗的母亲欧坦丝介绍给令尊……记得有一次，家父还曾语重心长地劝过您。

——我说保罗，你知道吗？在这世上只有一种万灵丹可以治愈受伤的心灵及破裂的人际关系。那就是“时间”。你和令尊的关系，想必也能靠它解决。欧坦丝的事，你也差不多该试着和父亲好好谈一谈了。当然，在令尊这样的大企业家看来，或许觉得从她的身分不配嫁给自己的宝贝独生子。但是，如果听到连孙子都有了，那就另当别论了。他一定会很高兴的。你和欧坦丝在一起，已有十五六年了吧？应该已经足够让万灵丹发挥效果了。

当时您一直垂着头，专心倾听家父说话，彷佛您就是他的儿子。

最近，我听家父说。您从去年到今年，就像受到苦恼女神眷顾般，饱受一连串不幸所苦。

其中，特别令您痛苦的，就是这次令尊过世，以及半年前，与好友埃米尔·左拉[4]绝交。

这次接到讣闻，家父深感遗憾，不过想到令尊享寿八十八岁，您应该也能平静接受令尊的过世，因此家父并不怎么担心您。况且令尊在过世前，终于认可了欧坦丝，据说两位还在故乡举行了婚礼……没错，家父也提到，对最近的您而言，那是唯一带来光明的好事。比起那个，更让家父忧心的，是埃米尔·左拉与您的争执。

得知那位鼎鼎大名的作家埃米尔·左拉与您同乡，而且从少年时代起就是好友时，我吓了一跳。我很少看书，但左拉另当别论。《小酒店》《娜娜》这种代表作自然不用说，几乎他写的每一本小说，我都看过。

4 埃米尔·左拉（Émile Zola，一八四〇至一九〇二），十九世纪法国最重要的作家之一，自然主义文学的代表人物，亦是法国自由主义政治运动的重要角色。

但家父不擅长写文章也不爱看书，想必不曾看过他的作品……

即便如此，左拉先生初次来到家父的店里时，家父真的是非常高兴地接待他。不过，比起家父，更兴奋的是我，我甚至在比平时稍微高级一点的红茶里加了白兰地端给他。

左拉先生当时看了您放在店里的几幅作品。

“好久没这么完整地看他的作品。保罗似乎挺努力的。”他说。

家父满足地频频点头，“是啊，是啊，那当然。他画出来的可是好东西哟，让人看了浑身战栗。其他艺术家是绝对画不出来的……”

说到这里，家父突然问道：

“对了，您与保罗好像从小就是朋友。我以前听他提过，那时候他说得可开心了。他说：‘那家伙是个很特别的男人，是天才，总有一天，会以一只笔让巴黎天翻地覆。’”

左拉先生听了，挑起嘴角呵呵笑了。

“那家伙也讲过同样的话哟。在他二十几岁，从艾克斯来巴黎投靠我时……他说，‘我要用一颗苹果，让巴黎为之叹服。’”

噢噢——家父听了，发出感叹之声。“原来如此。用一颗苹果……”

“但是实际上，好像没有任何人为他叹服。”

左拉咕哝，定定地凝视放在自己眼前，描绘餐巾上几颗苹果的画作。

您画的苹果——到了这个节骨眼，我也就老实说了——不管看多少次，我还是不明白，为何会那样奇妙地扭曲，为何放置苹果的整个空间会异样歪斜。

我在父亲的店里待久了，自然也看过各式各样的画作。有的令人失声惊呼，也有的看起来完全像是小朋友的涂鸦。当然也有色彩令人心醉神迷，笔触好似会令人轻飘飘飞到半空中，看久了连自己都会被吸进画中的作品……但是，您的画作，和那些一点也不像。

您画中的苹果，不可思议地扁平，却又柔软蓬松地隆起，定睛看久了，竟然再也无法移开目光。好像再也弄不清自己是从上方俯瞰苹果，还是从侧面看。苹果这种东西，原来是那样的形状吗？是我的眼睛出了问题吗？在画家的眼中，看起来就是那样吗？抑或，唯有在您的眼中，苹果才是那样的？不，这真的是苹果吗？这才是苹果的本质吗？换言之，那个，或许才是苹果作为苹果该有的面貌？

家父也同样注视画布上滚动的苹果，感慨万千地说：

“我听保罗讲过。在艾克斯的中学，他看到当时是低年级生的您被欺负，忍不住拔刀相助。

结果，第二天，您就带了一篮苹果给他。还说谢谢他救您一命。从此两位就一直是好朋友…… 他描述的时候看起来很开心。”

左拉先生这次撇嘴露出苦笑。

“那么久以前的糗事，那家伙，居然还告诉老爹你吗……真是的，他未免太多愁善感了。”

家父满面笑容地回答：

“那是好事。能够拥有让人想把往事告诉别人的朋友，那可是人生的宝物哟。”

保罗有您这么了不起的作家朋友，想必很骄傲吧——对于家父这番真心话，左拉先生默默聆听，最后——

“我就直说吧。老爹，我告诉你，”左拉先这么声明后，坦诚相告。

“在我看来，那家伙，今后不可能成功。”

彷佛是要追随先一步来到巴黎的左拉，保罗也来了。进入美术学校习画，却遭到一连串的挫折。官方美展屡次落选，也一直找不到自己的画风。当他有了毕沙罗及雷诺阿那样的知己，看似要转向印象主义时，左拉也曾在论战中努力拥护他，但保罗似乎并没有那种打算。他徘徊在巴黎与艾克斯，乃至其他土地上，别说是画风了，连自己的安身之处都飘移不定。可是，却又在父亲面前抬不起头，一直隐瞒已有妻小的事实，至今还靠老家寄来的钱勉强糊口。在他极度穷困时，左拉也曾给予经济援助，但每次都是徒劳。

“我和那家伙正好相反，年轻时虽然贫穷，但一心追求崭新的文学之道，总算得到成功。我不认为那家伙不努力，但是，毕竟他打从骨子里是个资产阶级。就算真的有困难，但只要有人肯帮他什么，他就会立刻在心情上产生依赖。他也相当依赖你哟，老爹。想必你早已发觉了吧。”

家父终于收起脸上的笑容，为难地皱起眉头，但他立刻说道：

“的确，保罗至今，恐怕还是得在经济上依赖别人。但是，他面对绘画的态度，老早就已经独立了。什么印象派或官方美展，乃至派系或权威，他对这些东西从不心存依赖。或许是每一种都试着接触过几次，然后发现不是他要的吧。他觉得加入印象派受到瞩目，或者成为学院派会员生活安定，都不像自己的作风。倒不如像这样靠一颗苹果，奠定自己的世界。身为好友的您，想必应该明白——您不觉得保罗·塞尚是主动选择了一条更艰难的路吗？”

家父满心怜惜地望着画面上看似随兴，实则以惊人秩序躺在餐巾上的那些苹果。

结果，埃米尔·左拉订下了您那幅苹果的画作就走了。从此，再也没在店里出现。

然后，今年春天，左拉的最新小说《杰作》出版了。这是描写一名新进画家和一心追寻艺术的自我艰苦战斗的壮烈人生。听到这样的评语，家父与我，都兴奋地争相阅读。因为我们猜想，书中主角的原型肯定是保罗·塞尚。结果几天后，怀着狂风呼啸过荒地的萧瑟心情，我们看完了。

书中的主角显然是以您为原型。主角过于执着崭新的绘画表现，创作陷入瓶颈，绝望之余，竟在自己的作品前自杀身亡。他与新艺术的潮流，与那激烈的漩涡展开战斗。到头来，画家被时代翻弄，选择替自己的人生画下休止符……

家父的忧心，令旁观的我都跟着忐忑不安。我甚至向上帝祈祷，千万别让您看到这篇小说。

家父很害怕。在身为法国最有名的作家之前，左拉首先是您最重要的友人。如今看了他写的小说，家父担忧您会不会像书中主角一样绝望，在自己的作品前自杀……

被那种念头纠缠的家父，慌乱得可怜，似乎巴不得那本不祥的书从法国所有的书店消失。

然而，家父从您的来信得知，那本书出版后，正是左拉本人立刻送了一本给当时停留在艾克斯的您。

那本书应该放着不要看的。但是，想必不可能不看吧。一旦看了，在您的心中，不知掀起多么激烈的风暴。

您写信给家父说，今生再也不打算见埃米尔。家父把这封信放在桌上——对，就是每次年轻的艺术家们窝在店里客厅，对艺术大发议论的那张简陋的桌子上，双手抱着花白的头颅，沉思良久。即便已过了打烊的时间，他也一动不动。我不放心，轻轻在家父的对面坐下。他终于抬起头，看着我。在他的眼中，浮现难以言喻的落寞神色。

有时，即便是这样的试炼也必须努力克服。

家父像要告诉自己般，喃喃低语。

保罗现在，终于快要掌握到了。他终于找到堪称自我表现手法的某种东西。

他下定决心不认输。无论是贫穷、周遭的不理解、友人的无情打击，无论是世人的嘲讽眼神，或时代的激流。

老爹我向来认为，要创造一种新的艺术，想必需要技术、品味、人脉、以及后盾。想必也需要志同道合的伙伴、资金的援助以及发表的场所。但是，老实说，艺术家自己的精神力，或许才是最重要的。

而保罗，拥有他人无法比拟的强大精神力。他绝对不会去追随其他人。他有一种强烈的欲望——或者说心愿，想找出独一无二、只属于自己的表现手法。

保罗·塞尚，不是德拉克洛瓦[5]，也不是布拉克[6]，更不是莫奈或德加或雷诺阿。保罗他啊……听着，保罗·塞尚他呀，到头来，就只是保罗·塞尚。

老爹我如此坚信。他发现"自己是保罗·塞尚"的那一天，已经不远了。

最后，支票已经收到了。谨向您报告，您在本店的赊账，这下子完全结清了。

您继承了父亲的遗产——看了您随函付上的信笺，家父说声"是吗"，忍不住隐现泪光。他说，保罗的父亲，是个地道的伟大父亲啊。

深秋了，巴黎一天比一天冷。请您与欧坦丝、令郎小保罗好好保重身体。至于家父正翘首期盼您回到巴黎的日子，这点无论过去

5 德拉克洛瓦（Eugène Delacroix，一七九八至一八六三），法国著名浪漫主义画家。

6 乔治·布拉克（Georges Braque，一八八二至一九六三），为法国立体主义画家与雕塑家。

或现在，永远不变。

唐吉老爹的女儿敬上

§　§　§

一八八八年十一月二十三日巴黎

亲爱的塞尚先生：

接到消息，得知您将在圣诞节前返回巴黎，家父欣喜若狂。

依您所嘱，家父去看了几间可供您作为新居的公寓。我也陪家父一起去看过，位于安茹（Anjou）河畔的房子，我个人认为相当理想。家父也说保罗肯定会中意这里，已用您给的钱，先付了那间房子的订金给房东。

是什么样的房子，您说很好奇，希望能收到格局图，因此随信寄上简图。是家父画的。画得不好，一再修改，他趴在店里客厅的桌上，奋斗到深夜才完成。该怎么形容呢？在我看来，不像是房子的格局图，反倒更像是小孩子的涂鸦吧。“都已经接触出色的画作几十年了，我的画画技术怎么还是这么差劲。”他一边运笔一边如此感叹，真不知是令人好气还是好笑……这是家父的可爱之处，还请笑纳。

家父说：等下次保罗回到巴黎，有好多艺术家要介绍给他，想给他看的画也有一大堆。

因此，家父似乎对您这次的归来，格外迫不及待。

您离开此地的期间，有许多年轻画家专程来到唐吉老爹的店。若照正常想法，生意应该很兴隆，但该说这已经是我家特色了吗？上门的人，全都是标准的穷画家……看样子，唐吉老爹的店可以拿画作交换免费颜料的流言已经传开了，真是伤脑筋。

家父也好不到哪去，每天都兴冲冲地到店里，期待着今天说不定又有前所未见的崭新作品出现。只要发现有他没见过的年轻画家，抱着自己的作品诚惶诚恐地探头朝店里窥视，他就会主动邀请人家进门说：噢，小伙子，快进来，把你的作品拿给老爹我瞧瞧，如果够有趣的话摆在我店里也行哟。他还会让我端奶酪、面包与葡萄酒来款待人家，热情地与人家大谈艺术。渐渐地，年轻画家完全被家父的说词煽动，居然说什么印象主义已经落伍了，今后是科学性、分析性的绘画时代，如实画出眼中所见是不行的，重点在于如何运用画家的感性让作品升华， 诸如此类，大肆宣扬这种好像在哪儿听过或见过的论调，最后越讲越得意，直接把带来的画作全交给家父，拿着两三管颜料就走了。就这样，家父宠爱的儿子一个又一个地增加，现在甚至快要照顾不过来了。

在那之中，有几名画家特别值得一提。说不定，您也从哪位画家朋友那里听说过，照家父的说法，那群人显然“肩负着下一个时代”。他们是保罗·高更[7]、爱弥儿·贝纳[8]以及文森特·凡高[9]。

高更与贝纳不住在巴黎，他们在布列塔尼地区的阿凡桥（Pont-Aven）一同作画，创造出独特的画风，以深色轮廓与大块色面构成人物画与风景画。看起来悠闲自在，同时却又扎实有份量，是极有安定感的画面。家父说保罗看了一定会感兴趣，特别留了几幅准备给您看。

至于凡高的画，那就更特别了。他在就读同一所美术学校的贝纳介绍下，认识了高更与修拉[10]，同时，也开始光顾我家的店。他来自荷兰的乡下小镇，据说本来想当神职人员，经历有点与众不同。他弟弟提奥在巴黎当画商，生意做得好像比我家的店好多了。凡高在弟弟的支持下，决定以画笔维生，两年前来到巴黎。

7 欧仁·亨利·保罗·高更（Eugène Henri Paul Gauguin，一八四八至一九〇三），后印象派画家。

8 爱弥儿·贝纳（Émile Bernard，一八六八至一九四一），阿凡桥派（Pont Aven School）画家。

9 文森特·凡高（Vincent Willem van Gogh，一八五三至一八九〇），荷兰后印象派画家。他是表现主义的先驱，并深深影响了二十世纪艺术，尤其是野兽派与德国表现主义。

10 乔治－皮埃尔·修拉（Georges-Pierre Seurat，一八五九至一八九一），是点描派（Pointillism）的代表画家，后印象派的重要人物。

他是个略带神经质，同时拥有凶暴与纤细感的人。一旦面对画布，就像中邪似地画个不停， 完成专注力惊人的作品。凡高在经济上依赖弟弟，出入的却是我家的店。

家父对阿凡桥这些画家的作品格外欣赏，每当高更或贝纳来讨颜料，总是无条件提供给他们。在这样的过程中，他渐渐迷上凡高的画。用色好，构图好，笔触好……每次凡高拿作品来， 家父总是这样赞不绝口。而凡高，似乎也很喜欢年轻画家们聚集的唐吉老爹的店。有一次，不知是怎么想的，他居然主动对家父说：“请让我替您画一张肖像画。”家父听了，大吃一惊，

“那当然很荣幸……但我可没钱买下哦。”

据说家父当时如此回答。结果，还被凡高笑话了半天。画家那厢，好像是打算用肖像画来抵消积欠的颜料费。

于是，在去年的某日，借用唐布朗餐厅的一角，那里的墙上贴满据说是提奥收集来的浮世绘，家父就坐在那面墙前，让凡高豪迈地运笔挥洒。

该怎么形容才好呢？那是强烈的画。粗厚的线条，粗糙的笔触，脸部与身体都留有木版画般未经修饰的笔迹，是令人一见难忘的画。但是，家父温和的个性，自静静微笑的表情渗出。喂，文森特，你看你，脸颊都沾到颜料了……父亲彷佛正要这么发话，那是一幅渲染着父亲特有温情的肖像画。

这幅被命名为“唐吉老爹”的画，父亲非常喜欢，还说等保罗

回来一定要给他看，特地挂在店里的客厅。

其实现在，凡高已迁居阿尔，据说还把高更也叫去一同生活。这两位经济同样拮据的朋友，在气候宜人的阿尔，各出一半房租与餐费，如果携手共同创作，或许可以开创新的艺术之道。凡高据说就是用这样的说辞邀请高更的。但家父非常担心这对脾气同样暴烈的艺术家是否能够好好相处。前几天也是，家父还特地跑去提奥的店里，询问他哥哥的近况。据提奥表示，十月上旬高更就搬去阿尔了，哥哥急着作画以便给高更看，手上却没钱买画布与颜料，所以十万火急地写信给提奥，催他赶紧寄钱去。不过，目前，他们的共同生活好像还过得去。听到提奥这么说，家父总算安心了。

因此，等您下个月回到巴黎时，凡高与高更这两位新锐画家正在阿尔，贝纳想必在阿凡桥，或许无法立刻把他们介绍给您认识。不过，家父似乎迫不及待地想要告诉您，这几位年轻画家是如何赞美您的作品的。

写到这里，也发生过这样的事。

地点还是在我家店里的客厅，几名艺术家喝着廉价葡萄酒，大聊艺术话题。这种时候，最近的家父，会把自己的椅子放在略远处的房间角落，一边抽烟斗，一边默默旁观年轻人高谈阔论。以前，他会先声明自己不懂太复杂的事，然后积极参与讨论，但是现在，乐观其成地看着新锐艺术家们讨论新时代的新绘画论，已成为他的固定模式。

在那群艺术家当中，有凡高与贝纳。贝纳针对保罗·塞尚的崭新画风，正在热烈发表意见。

塞尚的画中，具有自然界应该拥有的一切形体。运用桌上的苹果与餐巾，他表现出自然界的法则。

“真是太了不起了！他是令人惊异的画家！是天才！是怪物！”

贝纳很兴奋，激动地上下挥舞着双手说。

“不用补上最后那句怪物吧。”另一位画家凑趣地插嘴。

“不，真的是怪物。因为，那个人画的圣维克多山风景画，以及苹果静物画、玩扑克牌的人物画……挂在这里的时候我全部见过，哎，真的非比寻常。很扎实，无论哪一幅。绝对不是唬人的。它们在强烈主张，这才是真正的画。甚至会令人感到不寒而栗……天啊，受不了。我永远画不出那样的画。绝不可能！”

贝纳越说越亢奋。聚集的画家们，也纷纷狂热地讨论您的画作，似乎大致同意贝纳的意见。后来，一直低头不语的凡高，终于开口了。

“我不认为塞尚是怪物。他或许只是比其他画家更擅长抓住主题的本质，并把它引导出来。”

塞尚画的山比山更像山，苹果则是比苹果更像苹果。看着印象主义的作品，总是散发出一种脱离俗世之感，但塞尚的画作却没有那种游离感。不过，凡高说，可以感到画家彻底分析主题，努力试图内化为自己所有。严格说来，凡高是个沉默寡言的男人，唯有此刻，他的话语带有一种安静的热度。

“在我想来，”贝纳在专心聆听凡高的意见后说道：“把塞尚当成‘父亲’，今后，塞尚的‘儿子’——也就是拥有塞尚式观点的画家，应该会增加吧。那种拥有崭新‘眼睛’的画家。”

现今，印象主义正逐渐驱逐学院派画家。但这次，超越印象主义的轻盈与感觉式画风，将绘画带往更上一层的境界。重点不在于美丽，或是看了很舒服、蕴含画家的感情等等。那是探求主题本质的绘画，是凌驾在美之上的美。这样的作品，应该会出现吧。

“哎，这样的作品，无论是我或者文森特，应该很快就会创作出来吧。我们呢，就是塞尚的第一批‘儿子’。”

贝纳骄傲地这么一说，“搞什么啊，原来你就是想强调这个吗！创造新绘画的将会是我”，“不对不对应该是我，我才是塞尚的儿子”……年轻的画家们七嘴八舌争相表示，他们肩并肩，举杯互敬，高声欢笑，并且再次大发议论。

而家父，待在狭小客厅的角落，满脸笑容，叼着烟斗，默默旁观画家们的议论。最后，凡高一手拿着葡萄酒，把椅子搬到“场外”，在父亲身旁并肩坐下。然后，他悄声嗫嚅。

“老爹，下次保罗·塞尚如果来你这里，请你第一个通知我好吗？我想把正在画的向日葵给他看一下。”

凡高画的向日葵，现在由家父慎重保管。那是巨大、悠然的太阳之花。乍看凌乱的笔触，毋宁说是大胆的、沉甸甸的美丽。家父非常喜欢这幅画。他还告诉我：“等保罗回来，首先要给他看的，就是这幅向日葵，以及文森特替我画的肖像画。”

痴等您归来的人们，似乎一年比一年多。最近，巴黎出现许多新画廊。家父的画商同行，也想见见您。裘贵先生、嘉舍医师、印象主义的画家、年轻的新锐画家们，无论是谁，人人都很好奇您现在正在画什么样的画。当然，比谁都渴望知道的，如您所知，正是我的父亲。

抵达巴黎后，请您直接来我们店里。家父正紧握新公寓的钥匙等着您。还有，他似乎也打算把凡高以及某几位他特别欣赏的画家作品摆出来给您看。提奥赠送的上等葡萄酒，似乎也打算拿出来招待您哟。敬请期待。路上也请小心。

唐吉老爹的女儿敬上

§ § §

一八九四年七月二十日

亲爱的塞尚先生：

家父朱利安·唐吉蒙主宠召，转眼已过了五个多月。

库存品已全数解决，店面也收拾完毕，如今唐吉老爹的店已自这世上消失了，但是来到巴黎立志当画家的年轻人，据说还是会站在克劳泽尔街的街角，走进现今已成为杂货铺的店内，询问唐吉老爹在不在。这些画家预备军，从杂货铺老板娘那里问出母亲与我住的公寓地址后，忽然上门来访的情形，至今不止一两次。家母不愿把来历不明的年轻男人请进屋，但我还是决定请对方喝杯茶，说声谢谢。我告诉他们：谢谢你来拜访唐吉老爹，在天国的父亲肯定也会很开心……

这时，年轻的画家总会露出困窘的神色，向我问道：唐吉老爹的店关门后，到底该去哪里买颜料才好？该在哪里发表作品？在哪才能遇见同好？很遗憾，现在的我，对这些问题无法提供任何答案。

家父的逝世非常仓猝，但家母和我在周遭众人的帮助下，还是顺利举行了告别仪式，将他安葬。许许多多的画家都来了，甚至分不清到底有谁来过。很遗憾您没能赶上丧礼，但我已将您的吊唁信放在家父的墓前了。

无论是家父刚死，还过了一阵子之后，不可思议的是，家母与我都没有哭到脱力。或许是因为各位画家尽心尽力支持我们，让我们母女不至陷入悲伤。不过站在家母的立场，想到父亲死后留下的债务，或许“现在不是哭泣的时候”这个念头更强烈。

家母真的是个骨子里很坚强的人。从开店到家父过世，她一直拚命支撑不知几时会倒闭的画材店生意，靠着微薄的收入维持家计，甚至苦心积虑地挤出招待画家的酒钱与茶钱，以便让家父随时都能高高兴兴。

如您所知，家父是个彻头彻尾的乐天主义，只要有颜料、画作与画家环绕身旁，管他是没钱吃饭还是债台高筑，他都会开朗地坚信自己是全世界最幸福的男人。我认为，父亲之所以能够常保这样的作风，其实全要归功于母亲。

对于家母在家父过世后做的决定，我们毫不迟疑。换言之，关闭店面，并且，把留下的作品全数拍卖。

据说，这是家父生前自己说的了——啊呀，老爹我是多么富裕啊！毕沙罗、莫奈、塞尚、凡高、高更、修拉、贝纳。找遍全世界任何地方，都不可能有哪个大富翁拥有这么精彩的绘画收藏。我们等于住在美术馆里。如果把这些画通通拿去拍卖……天啊，光是想象我就头晕了——所以，家母二话不说就宣称要拿去拍卖。

对于继承的不是遗产，而是债务的我们而言，如果不这么做就无法还债，今后也难以维生。要把家父当成命根子看待的重要收藏品——或者该说，当成颜料费，自画家那里收来的无数画作拿去拍卖，想到家父生前如此深爱那些在社会上褒贬不一的画家与画作，母亲当然不可能不心痛。但是，那是父亲留下的唯一能够让我们母女活下去的“资产”。只盼那些作品能够被理解新艺术的新兴收藏家买下——怀着这卑微的心愿，我们雇用拍卖员编订目录，在已决定关闭的店内，举行了拍卖会。

我就直接说结果吧。销售一空。对，卖得一干二净，一件不留——

以惊人的低价。卖出的总额，还不到我们事前期待的价钱的四分之一。家母似乎真的头都晕了，在拍卖结束后，甚至卧床好一阵子爬不起来。

来参与拍卖的，不是新兴的收藏家，而全是新兴的画商。他们摆出的态度就像是在垃圾堆中说不定勉强藏有一颗宝石，以低廉的价格，一件不落地全数标下。不知是否画商彼此已经事先商量好了，他们从最低价开始竞标，升个几十法郎后，就再也无人举手喊价，在没有白热化竞价的情况下，作品轻易落入最初举手的画商手里。

虽然与拍卖员协议定出了最低底价，但家母与我，唯独对您的作品价格不愿妥协。因为，直到最后，家父对您的作品与才华都如此执着。如果廉价出售，家父肯定会在天国叹气，所以唯有您的作品，我们订出了比其他作品更高的底价。但我们又担心万一卖不出去怎么办，结果只是把底价稍微抬高一点点……

然后，当您的作品放在拍卖台上时，会场轰动了。参加者们似乎都是把您的作品当成最大目标。

立刻有很多人举手，十法郎、二十法郎地抬价……家母与我，双手环胸，屏息在一旁观望。升到五百法郎时，所有的人都放下手了——除了一个人。

把您放上拍卖台的画作尽数买去的，是安伯斯·伏勒尔这位年轻的画商。

他在如今已成为新兴画廊街的拉斐特街开设画廊，是去年的事。当时他还好奇地前来以年轻画家聚集而闻名的唐吉老爹画材行打过招呼。彼时仍健在的父亲，欣然将这位年纪足可当他的儿子或孙子，野心勃勃的画商请进店内客厅。

客厅的桌子，被画家信手涂鸦，甚至将削苹果的水果刀插在上头，早已伤痕累累，现在年轻的画商优雅地将双手放在上面，以对待恩师的殷勤态度，向家父问道：

“您做画商已有多久了，先生？”

家父莞尔一笑，露出沉缅回忆的神色，

“这个嘛，其实也不久。大概十八年吧。在那之前，我四处推销颜料……而且，与其说是画商，我其实是卖画材的。开始经手画作买卖，是因为画家们拜托我收下作品来换取颜料……

当然，的确有几个我特别喜爱的画家，专门在我这里出售作品。老实说，至今对于绘画，除了有不有趣之外，太深奥的东西，我可不懂。”

“十八年吗……”带着感叹的语气，伏勒尔先生说。

“如此说来，是从第一届印象派画展的时候开始的啰。您去参观了吗？”

“岂止是去了，”家父一听，露出更殷切的笑容。

“看到那个，该怎么说，就好像砰地当头挨了一棒。我心想，啊，伟大的时代来临了，今后，艺术将会主导世间潮流，改变社会。艺术拥有惊人的力量。足以改变人生。所以，我下定决心。无论怎样都行，总之我一定要做可以支持今后新一代艺术家的工作。所以干脆就开店好了。”

是吗？伏勒尔先生应声点点头。然后再次问道：

“为了教育后进，请告诉我，先生，您最看好今后前途的画家，是哪一位？”

被这么一说，家父露出像要透露什么天大秘密似的笑容。请等一下——他一边说着，一边起身离席，拿了一幅画回来。

是那幅苹果的画。桌上的餐巾与苹果，以不可思议的均衡靠在一起，就是那幅画。

威克特·裘贵、保罗·嘉舍、埃米尔·左拉以及文森特·凡高，除他们之外，还有数不清的画家都曾见过这幅画。我是绝对不会卖的——他向收藏家如此炫耀。要相信自己的表现，就像这个塞尚——他如此鼓励年轻的画家。把那幅画拿给刚认识的年轻的画商看时，家父说：

“这位画家，叫做保罗·塞尚。我看过无数画家的作品，但这位画家，和任何人都不像。真的很特别。总有一天，世人一定会认同他。总有一天世人会追逐他。”

只差一点了……再等一下就好。凭着一颗苹果，轰动整个巴黎的日子就会来临。

“但愿在我有生之年，能够亲眼目睹那天的来临。”

家父以做梦般的眼神，凝视画中的苹果，如此轻声低语。

伏勒尔先生听了，蓦然微笑。

“是，那当然。那天，肯定很快就会来临。”

在巴黎，阳光一天比一天强。看到道路两旁的法国梧桐在路面落下浓重的影子，就知道夏天已经到了，有种莫名的兴奋。

迟迟不见天黑的傍晚时分，我会打开公寓的窗子，不时远眺在咖啡馆桌前消磨时光的画家身影。

夏日将尽时，据说您将会回到巴黎。届时如果有空，要不要来家母与我住的公寓玩？

能够给您看的画，已经一幅也没有了。但是，以前放在店内客厅、伤痕累累的桌子，现在还在我们的屋里。那是两位年轻的画家合力替我们从狭窄的楼梯辛辛苦苦搬上来的。家母与我，不时会在桌上摊开桌巾，削点水果，喝喝茶。

对了，要留给您品尝的上等葡萄酒，还有一瓶。是伏勒尔先生送的。他说：“哪天塞尚如果回来了，就开这瓶酒吧。不嫌弃的话，届时，也让我一起加入好吗？”第一次去店里时，从老爹那里听到的话，我很想转达。

一直苦候您归来的父亲，已不在人世。

但是，大家都在等着。家母，我，以及伏勒尔先生。还有自称是您的儿子的画家们。他们坚信那一天想必很快就会来临，在街角的咖啡馆喝酒、欢笑、大发议论。正如人人相信明天会来临，我们仍在继续等候，您的归期。

吉维尼的餐桌

À table à Giverny

我欣喜若狂。

吉维尼，对我而言，是闪亮的美丽国度。

——克劳德·莫奈

面南窗户遮阳板的缝隙，形成淡青色条纹。忽远忽近，传来小鸟啁啾声。

薄冰似的夜色溶化，不久黎明将至。赶在晨光弥漫室内之前，布兰琪不得不早早钻出温暖的被窝。

挥开还想在毯子与床单之间多待一下的念头，布兰琪一鼓作气坐起身子。披上扔在暖炉前方椅子上的睡袍后，她走到窗边，悄悄拉开蕾丝窗帘，指尖用力避免发出声音，一边打开玻璃窗和遮阳板。

这一瞬间，是布兰琪一天之中最爱的时刻。同时，也是最紧张的时刻。如果下雨了，那就无可奈何，只能重新回到床上，贪求片刻睡眠。但是，如果预感将是万里无云的晴空，就得立刻换好衣服，开始战斗。

若是预感会有好天气的黎明，不管怎么说，都得在邻室的巨匠起床前整装梳洗，先去楼下的厨房生火。当然，每天来厨房帮忙的玛格丽特也起得很早，但她从附近的住家过来还要一个小时。她会先从丈夫保罗的田里采摘各种新鲜蔬菜——芹菜、山萝卜、胡萝卜、菠菜等等——与保罗一起带过来。那些蔬菜会在当天的早、中、晚分成三次使用。对了，今天不知她会带什么菜来。早餐准备做一大碗生菜色拉，所以正缺少一些叶菜。

对面敞开窗子的那头，是正等待黎明晨光的辽阔庭园，那是这屋子的主人，画家克劳德·莫奈的王国。时值三月，百花正为了开花的瞬间蓄势待发。或许就是因为这样，虽然还欠缺缤纷色彩，但庭园似乎已充满活力。光是这样从二楼眺望，就彷佛可以听见花苞的细声嗫嚅：要开啰，开花吧。下周首先是合欢花，接下来水仙、番红花与葡萄风信子想必也会依序绽放。然后还有桃花、三色堇、蒲公英、樱花——再过一个月左右，花苞们的嗫嚅就会变成壮大的交响曲。

不能继续在这儿发呆了。布兰琪转身背对东方天空如玫瑰色颜料溶解般渐渐渲染的朝阳，急忙换上长及脚踝的家居洋装，脑子已开始高速运转，思索今天上午的工作行程。

首先要准备早餐。等玛格丽特与保罗来了，就把厨房交给他们，自己去画室。在暖炉生火，先让室内温暖起来。接着急忙回来，把餐桌布置好，协助老师梳洗更衣后，陪他吃早餐。

用完早餐等老师去画室了，立刻与玛格丽特商量午餐与晚餐的菜单。请她着手准备材料。等园丁雷翁他们抵达后，向他们转达老师的指示。一起去庭园，四下观察每一处的状态。将清洁与洗衣工作交给女佣阿涅丝与米蕾优。至于保罗，就请他去抓一只午餐要吃的阉鸡吧。

今天的客人是位特别人物。况且，肯定会是场很艰难的谈话。昨天，晚餐时，“你怎么看？”老师还这样征求过自己的意见，但我实在答不上来。老师变得有点不高兴。那种气氛，但愿不会持续到今天。对了，今天应该会是春光明媚的好天气，那就肯定没问题了。

客人会从巴黎坐汽车过来，预定十点半抵达。还得准备香槟才行。或者该选苹果酒？对了，记得那位客人比较喜欢后者。

“布兰琪——布兰琪！”

在厨房替炉子生火时，二楼传来大声呼唤。布兰琪立刻快步上楼。心里一边想着：太好了，今天老师的声音宏亮有力。

“早安，老师。有什么需要吗？”

布兰琪毫无顾忌地走进以暖色系统一装潢的寝室，还穿着睡衣的大块头，正在奶油色衣柜前打转。漂亮的白胡子包覆脸颊，克劳德·莫奈扭头看向门口。

“伤脑筋。我找不到衬衫。艾丽斯替我做的那件衬衫。”

“噢。就是那件袖口有蕾丝的？”

“没错。一定要那件才行。因为今天，克里蒙梭[1]要来。每次与他见面时，只要穿那件就会谈得很顺利。”

1 乔治·克里蒙梭（Georges Clemenceau，一八四一至一九二九），法国政治家、新闻记者、第三共和总理。

身为现代艺术的巨匠，如今已闻名全球的莫奈，居然会执着于一件衬衫——这令布兰琪有点暗自好笑。

“来，还是让我来找吧。”布兰琪开始在莫奈的衣柜中搜寻。不久，就从深处扯出一件白衬衫。

“是这件没错吧？”

“就是这件。”莫奈的脸庞顿时一亮。布兰琪把烫得平整的衬衫纽扣解开，一边披上以八十岁老人而言极有安定感的肩膀，一边说：

“袖扣要选哪一副？”

“这个嘛，你觉得呢？”

“我觉得可以配那副白底青花的瓷袖扣。和这件衬衫很搭。”

“是吗。记得艾丽斯以前也喜欢那样搭配。”

布兰琪微笑，从矮柜的抽屉中取出袖扣。看到莫奈至今还对十年前就已离世的妻子——布兰琪的母亲——万分怀念与宠爱，她非常开心。

莫奈是布兰琪的继父。莫奈与布兰琪的母亲艾丽斯都是再婚，彼此在前一段婚姻都有小孩。莫奈与年纪轻轻就病逝的前妻卡蜜儿生了尚及米歇尔这两个儿子。至于爱丽丝，她与分居后过世的前任丈夫艾内斯特·欧舍蒂有玛特、布兰琪、苏珊、洁美娜这四姐妹，以及杰克与尚·皮耶尔这两个儿子。

如果告诉埃米尔·左拉，这么复杂的经历肯定会立刻被左拉当成小说的范本——数不清的痛苦，几乎哭干眼泪的伤心事，幸福溢满胸怀的往事，将莫奈一家的历史宛如波斯地毯般交织得多彩多姿。

初次来到这诺曼底地区的小村吉维尼，已是三十八年前的事，在那之前与之后，哭过也笑过，真的是发生了很多事。

三十八年来，社会与家庭都有了剧烈的变化，但其中也有些东西堪称进步。身为一家之主的莫奈，作品渐渐被世人认可有了销路，家中的经济状况也随之越来越好。他们得以整修房子，增建画室，打造出理想的居家环境，也添购了土地，把庭园扩大，蓦然回神才发现已打造出这样的理想乡。他们雇用了六名园丁与四名佣人，还有最新型的汽车与司机。虽然不确定是几时变成这样的生活方式，但莫奈一心投入创作，并且在十九世纪至二十世纪时代出现剧变时，幸运地熬过那个关卡，肯定就是这两个原因带来今天的富裕生活。遗憾的是，与莫奈一同创造新艺术潮流的画家同好——马奈、卡耶博特[2]、塞尚等人——尚未充分体会时代朝自己这批人大幅倾倒的瞬间便已离开人世。

2 卡耶博特（Gustave Gaillebotte，一八四八至一八九四），是所有印象派画家里最接近现实主义的一位。

另一方面，也有些变化只能称为命运的捉弄。最痛苦的，莫过于母亲艾丽斯离世三年后，莫奈的长子尚也在罹病多年后去了天国。对莫奈而言，是相继失去最爱的妻子与儿子；对布兰琪而言，则是痛失母亲与丈夫。是的，他们虽是名义上的姊弟，但没有血缘关系的尚与布兰琪，在莫奈的大力撮合下，已结为夫妻。

孩子们全都在长大成人后独立，有了自己的家庭，相继离开吉维尼。尚与布兰琪当初亦复如此。莫奈失去艾丽斯后，独自住在有段时期曾挤满十人大家族的吉维尼宅邸。

布兰琪回到莫奈身边，是在尚逝世不久之后。之后直到今天，二人就像这个理想乡的国王与公主。

布兰琪要监督烹饪与家事、园艺工作，还要管理账簿，经营莫奈的绘画事业，在这个也是娘家的大宅掌管一切。虽然五十五岁的身体已有点吃不消，但她还是认为住在此地很幸福。

莫奈当然是把全副心魂都倾注在绘画创作上，但对园艺也付出了与前者不相上下的热情。这个宛如珠宝箱的庭园，是这栋大宅里仅次于莫奈画作的财产。在这珍贵的宝物环绕下，布兰琪每每总是为自己能如此生活在此地而满心感激。首先要感谢母亲，其次是尚——最后是上帝。

“早安，夫人。今天天气很好。不知老师的心情如何？”

在厨房的炉子上烧开水时，玛格丽特与保罗比平时提早出现了。这对夫妻，想必也是每天天还没亮就起床了，天气好的话就早点来。

因为他们知道，若是好天气，他们的画家主人肯定会立刻开始工作。莫奈与随季节变化的太阳动向、每日变化的天气一同生存。对，就像是热心耕种的农夫。

“心情非常好。”布兰琪想着莫奈心中八成正盘旋着不安，一边如此回答。

“今天克里蒙梭先生将于十点半抵达。用完早餐，就要立刻开始准备午餐。保罗，你可以替我去鸡舍抓一只最健康的阉鸡吗？”

“没问题，小事一桩。”红鼻子的保罗回答。“这么说来，午餐的主菜是烤鸡之类的？”

布兰琪把写在纸片上的“今日菜单”递给二人。准备宴客大餐时，她会从母亲艾丽斯遗留的食谱抄下当天的菜单。保罗与玛格丽特头碰头仔细一看。

餐前酒　诺曼底苹果酒

热前菜二种　丰唐热浓汤（Fontanges）　白洋葱镶肉

主菜　猎人风味烤春鸡搭配早生马铃薯泥与农场风味胡萝卜

甜点　绿蛋糕

起司二种　Pont-l'Eveque 及 Livarot

诺曼底特产奶油　洋李果酱　苜蓿蜂蜜

乡村面包

咖啡餐后酒（李子白兰地）

“天啊。”玛格丽特惊呼。

“这下子可得忙着加热烤箱了。要做绿蛋糕的话……开心果够吗？”

所谓的绿蛋糕就是绿色的蛋糕，也是莫奈最爱吃的东西。这种美丽的甜点彷佛直接反映笼罩葱茏新绿的庭园，鲜艳的绿色，是用开心果的果实上色。

“刚才我看过了，还多得很。”布兰琪指着水蓝色桌上事先取出、装着坚果的大瓶子说。

“重点是胡萝卜。最好用克罗亚西胡萝卜。今天送来的菜里面有吗？”

“当然有。”保罗拎起脚下的大篮子说。

“老师特别喜欢那种胡萝卜对吧？芹菜是休曼的。”

“早生马铃薯是拉阿尔种的，阿邦丹斯马铃薯喜欢吃蒙佩里耶产的。”玛格丽特如此补充道。

“不过，无论是肉或蔬菜，还是吉维尼的最好。尤其是你们种的。”

布兰琪补充说。农夫与他的妻子，开心地笑了。

“那么，我们赶紧开始准备吧。”玛格丽特卷起衬衫的袖子。

“我去鸡舍，顺便拿些鸡蛋回来。”

对着保罗正要走出后门的背影，布兰琪扬声说：

“记得把午餐的份也拿来。还要做蛋糕，所以尽量多拿一点。”

“好的，夫人”，保罗说着，精神抖擞地走了。玛格丽特抱着篮子去洗菜，布兰琪去隔壁的餐室准备着手布置早餐餐桌。

早上，醒来立刻开窗的瞬间是布兰琪最爱的时刻。但是，这样忙碌地布置餐桌，心情雀跃得难以言喻的瞬间，她也同样喜爱。

引擎声传来，一辆最新型的“标致”汽车停在门口马路上。

乔治·克里蒙梭很守时，他的专用司机这几年多次往返巴黎与吉维尼之间，对路线已了如指掌，因此如果约的是十点半，通常会在那前后五分钟之内抵达。这天也是在十点三十三分， 正确响起三次敲门声。

“欢迎光临，总理先生。我们已恭候多时了。”

换上干净的白衬衫与深绿色长裙的布兰琪出来迎接。把帽子与手杖交给女佣阿涅丝后，“嗨，布兰琪。”老政治家说着露出苦笑。

“别再喊我总理了。去年参选总统失败的事，你该不会已经忘了吧？”

“那种事我才不管。”布兰琪一派淡然地回答。

“您对我们而言，是永远的大政治家。来，请到画室。老师正在等您呢。”

他嗤鼻哼了一声，终究乖乖跟来了，可见被人奉承是“永远的大政治家”还是挺得意的。布兰琪偷偷露出微笑。

克里蒙梭虽已七十九岁高龄，还是出马参选去年的法国总统大选，可惜落败。他打出自己分别在一九〇六年至一九〇九年、一九一七年至一九二〇年（也就是去年）当过两次总理的经验牌，并且大力宣扬自己在总统大选的前一年代表法国出席巴黎和会的实绩，但国民并不买账。总统大选落败后他就退出了政治的幕前舞台，但他对自己担任总理时与文化界人士建立的关系，至今仍非常重视。

在亲密的友人一个接一个过世的情况下，莫奈与克里蒙梭都已超过八十岁，维持了三十年以上的交情。

克里蒙梭起初认识莫奈，是通过美术评论家居斯塔夫·吉弗鲁瓦的评论。吉弗鲁瓦在莫奈进行创作旅行的艾特塔（Etretat）偶然邂逅这位画家，深受其作品感动。随即，在当时犹为记者的克里蒙梭所办的杂志《正义》上发表了论文，拥护彼时仍受到某些人严词批判的莫奈，从此莫奈的受观注度大幅上升。继吉弗鲁瓦之后对莫奈格外注目的，当然就是克里蒙梭。

后来成为活跃政治家的克里蒙梭，一有机会便拥护、支持莫奈与他的伙伴。今日莫奈的名声，绝对与克里蒙梭毫不吝惜的大力帮助有关。

因此，如果是为了与克劳德·莫奈会谈，就算必须配合午餐的时间这样从巴黎飞车赶来，老政治家也不厌其烦。

“嗨，克劳德，你好。吉维尼也已春意盎然了呢。今早你已经出去做田野工作了吗？”

在布兰琪的带领下，众人走进宽敞的第三画室——这是丈夫死后，布兰琪回到这里的那年新盖的——克里蒙梭一如既往先开开玩笑，然后彷佛被填满整片墙的巨大画布吸引般走近。他伸手摸着白胡子，不禁低声沉吟。

“天哪……这实在太壮观了。盯着看久了，好像真的会沉落池底似的。”

莫奈坐在画室中央的沙发上，默默抽烟。浓密的白胡子遮住脸部表情，让人分不清他是开心还是阴沉。但布兰琪知道，莫奈的内心绝非晴天。

高达五公尺的天花板镶嵌玻璃窗，射下早春的淡淡阳光，将室内照得白花花的。画室的三面墙上，多幅长达三四公尺的画布相连而成的作品有两件。正是现在莫奈画的“装饰壁画”，描绘睡莲池的连作。

其中一件作品，是正午的池塘。水面碧绿清澈如镜，静谧地倒映出白云。处处浮着睡莲，彷佛在天空的中央开花，正微微呼吸。另一件，是二棵垂柳并立的池畔。些许微风，晃动伸长的柳树枝叶，好似现在也正轻拂而过。睡莲的花朵，也在微风吹送下抬起楚楚可怜的白脸。

带有湿气的柔软空气与水的气息。涟漪上粼粼反射的波光。大老远横渡草原，现在终于抵达这池塘的六月清风。

克里蒙梭如同沉在池底的鲤鱼浮上水面的瞬间，无意识地仰头向上，深吸一口气。和自己一样——布兰琪暗想。只要踏入这间画室，就会忍不住想那样呼吸。顿时自己好像也变成栖息在池中的鱼类或水蜘蛛。

被莫奈描绘的睡莲围绕，就是这种感觉。并不只是鉴赏一幅忠实描摹自然的作品这么简单。那其实是纵身跳进莫奈这位画家的感性之泉中心。

“打扰一下，我送苹果酒来。”

阿涅丝在银盘上放着酒壶与玻璃杯端来。布兰琪道声“谢谢”，接下银盘，放在沙发旁的边桌上。克里蒙梭再次深呼吸，然后转身面对沙发。

“看这样子，应该就快完成了吧？”

他不动声色地确认进度。莫奈又沉默了一会儿。

“你已经看我的画多少年了，乔治？你居然认为这已经快完成了，哎，真是意外。”

白胡子掩盖的嘴巴，终于动了。克里蒙梭夸张地耸肩。

“不过，从你开始创作这件‘睡莲装饰画’，已有五六年了吧？为了庆祝之前那场战争休战，说好要从这当中捐赠几幅给国家已有两年半了。我认为已过了很久，难道不是吗？”

“你什么都不懂。”莫奈沉声说。

枉费今天穿了艾丽斯做的衣服，早餐还吃了爱吃的蛋卷，一度积极开朗的心情好像又走下坡了。布兰琪提心吊胆地把金色液体从酒壶注入杯中，急忙劝道：

“来，先生，请尝尝看，这是自家酿的苹果酒。”

克里蒙梭默默接下杯子，仰头一口喝干后，对着莫奈问道：

“上个月，我不是提议把这件作品捐给国家后，在巴黎市内的维荣饭店（Hotel Viron）—— 前年已成为罗丹美术馆的那栋宅邸的庭园特设圆形建筑展出？可是，你拒绝了。你说一定得是椭圆形的屋子。你那个想法还是没变吗？”

“当然没变。”莫奈不客气地回答。布兰琪也递了一杯苹果酒给莫奈，但他不肯拿。哪怕对方是多年老友，又是国家的代理人，布兰琪还是可以感到，莫奈身为画家彻底对抗的意志。

克里蒙梭以另有盘算的眼神，望着作业桌上随意放置的各色颜料与脏掉的调色盘。

“那就照你的意思，在椭圆形的房间展出。”

他断然说道。莫奈与布兰琪，同时抬起头转向克里蒙梭。但，莫奈还来不及发话，克里蒙梭又继续说道：

“不过，不是在罗丹美术馆的庭园，是别的场所。作为候补地点，我正考虑杜乐丽花园中的既存建筑——手球运动场，或是橘园温室那栋建筑。”

莫奈眼中乍现的光芒，倏然消失。糟了！布兰琪察知。那是在妻子与儿子死后，画家在空中徘徊良久的绝望眼神。

“你有多么敬爱罗丹，我自认很清楚。所以，你想在现已成为罗丹美术馆的罗丹旧居——维荣饭店境内展出这件睡莲的心情，我可以理解。但是，若是在既存的建筑中展出也就算了，现在要为了一个艺术家动用国家预算、特地建造一座建筑物，本案的特别委员会那些人说什么都不同意。我在台面上算是退出政坛了，已经没有力量能够坚持到底。”

莫奈被胡须掩盖的嘴巴，再次紧闭。今天的访问或许就是为了带来这个不利的消息，只见克里蒙梭交代完毕后，转为轻松开朗的语气。

“不过你的睡莲装饰画，能够这样越来越有深度并且接近完成，对国家或对我而言都是可喜之事。撇开展览场所不谈，若是依你所言挂在椭圆形的展览室，在这清新欲滴的池塘与睡莲环绕下，肯定更能够震慑观赏者。”

说着，他拿起边桌上的酒壶，缓缓倒入自己的杯子。

“对了，布兰琪，今天的午餐我留下叨扰一顿没关系吧？我可是抱着这个打算，连早餐都不敢多吃就来啰。”

布兰琪挤出僵硬的笑容。克里蒙梭来这里时，是多么期待餐点，她非常清楚。莫奈亦然。

不被世人认可而苦恼时，为创作而痛苦时，受孤独折磨时，一直是这位老友在鼓励莫奈。克里蒙梭也尽量利用总理的身份地位，自后方支持，让以前曾被视为前卫的“印象派”创始者，得以与政府站在对等的地位交涉。

这位无可取代的友人，在莫奈现在最爱的地点吉维尼，一同坐在餐桌前。仅仅是这么单纯的小事，却让孤独的巨匠那千疮百孔的心变成被温暖填满的花园。

“那当然，总理先生。马上就准备好了。来，请您与老师一同移驾餐厅吧。”

布兰琪爽朗地说。克里蒙梭听了，拍了一下莫奈低垂的肩膀。

“你看，又来了。你家布兰琪，老是抓着退休的老人喊‘总理’。真是太坏心眼了。就连对你，也还是这么客气地喊‘老师’。”

克里蒙梭不经意的一句话，却像尖针狠狠刺进布兰琪的心口。

因为，一直都是这么喊的嘛。她在心中辩解。Monsieur，先生。从孩提时代，就一直是这样。

“啊呀，我都闻到香味了。这是烤阉鸡吧。甘甜的香气是来自龙蒿的调味香料。”

一边自画室移往餐室，克里蒙梭准确地猜中。莫奈把脸扭向一旁，不发一语。

布兰琪不得不暗自祈祷，但愿接下来的午餐能抹去这尴尬的气氛。

您好，先生。

初次见到克劳德·莫奈时，十一岁的布兰琪·欧舍蒂从木讷的嘴巴里勉强挤出的第一句话，就是这个。

当时正值盛夏。在巴黎郊外的南部，塞纳–马恩省河畔的小村蒙杰宏（Montgeron），一大片向日葵抬起沉重的黄色头颅迎向太阳，昂首挺立。放眼望去是无垠的草原，以及夏季花草怒放的小径。母亲艾丽斯自娘家刚刚继承的房子罗腾布尔城，就悄然耸立在那样的风景中。

画家来到那栋宅子里。就在中央的会客室，父亲艾内斯特·欧舍蒂将包括自己在内的五个孩子一一介绍给画家。母亲艾丽斯，或许是早已在巴黎的画廊或哪里与画家熟识，亲密地与他交换视线。介绍完姐姐玛特后，父亲把手放在布兰琪的肩上说：

“这是我的二女儿布兰琪。她想必会是最了解你的知音，也将是你最大的支持者。”

这故弄玄虚的介绍，令少女不禁脸红。然后，她微微屈起单膝，以大家闺秀的作风打招呼说：“您好，先生。”浓密的黑胡子底下是温和的脸孔。看似深思熟虑的双眸，似乎蓦然闪过好奇的光芒，但布兰琪害羞得不敢正眼对视。

前一天，父亲把母亲艾丽斯与姐姐玛特，还有布兰琪叫到起居室。“明天，有一位了不起的艺术家要来。”父亲唐突且兴奋地宣告。

“他叫做克劳德·莫奈，可是一位有点罕见的画家哟。他画的风景画和那种好似舞台布景的老套绘画截然不同。记得吧，挂在咱们家巴黎那栋房子的起居室里，那幅朝阳自玫瑰色海面跃升的画。那就是他画的。”

“就是题名为《日出·印象》的那幅？”

布兰琪立刻想起。父亲眯起眼。

“对，就是那幅，布兰琪。你记得真清楚。我认为那幅作品，是大幅改变艺术世界的名作。虽然尚未得到世间的认同，但那只是时间的问题。迟早，人人都会理解。那些可笑的评论家，居然还拿那件作品的题名开玩笑，揶揄他是什么‘印象派’。他是很了不起的画家。他不一样，一切的一切，都与过去不同。我打算请那位画家特别为咱们家作画，挂在这宅子的起居室里。”

当时，父亲艾内斯特就像中邪似地疯狂收集美术品，不停将新的绘画搬进巴黎的家。欧舍蒂家的房子虽是面向大马路，但巴黎市区的房子盖得很密集，因此室内终年昏暗，弥漫阴郁的氛围。虽然到处都用上水晶吊灯与镜子这些能够帮助采光的装饰品，刻意下过一番工夫，但给阴郁室内带来更明亮日光的，是父亲搜罗的那些画作。

在不满十一岁的布兰琪看来，那些画多半很不可思议。轮廓模糊不清，各种颜色乱飞，是开放的、充满魅力的、甚至令人心痒难耐的作品。而且，也是洋溢明亮日光令人恨不得纵身跃入的画作。布兰琪知道，那些画几乎都有克劳德·莫奈的署名。

那位克劳德·莫奈，现在就站在眼前。布兰琪的心口，几乎快要被好奇心撕裂。莫奈依序凝视玛特与布兰琪、三女儿苏珊、四女儿洁美娜，然后对他的金主带着叹息说：

“你拥有何等美丽的花园啊，艾内斯特！我巴不得立刻动笔，画下这些花朵。”

“哎呀”，艾丽斯娇嗔，就像自己被赞美似地羞涩一笑。艾内斯特极为满足，“好啊，当然没问题。只要你愿意，你尽管动笔吧。”他回答。

“我明天要回巴黎，九月底才能过来，这段期间，我要请你画几幅画用来装饰这间起居室的壁面。题材不拘，随你要画风景画，或是我内人与女儿们的肖像画都可以。”

“把我们的肖像画挂在这间起居室？别闹了，艾内斯特。我觉得，还是画蒙杰宏的风景比较好。我想让这个房间，充满克劳德画的花朵。”

艾丽斯用异常娇柔的语气说。布兰琪的心脏，忽然重重一跳。克劳德，当母亲如此喊画家的瞬间，她感到其中含有超乎必要的亲昵感。

欧舍蒂家代代经营纤维业，但喜欢新鲜事物的先进经营者艾内斯特·欧舍蒂，在巴黎开了百货店，与艾丽斯及五个孩子一同过着优雅的都市生活。他向来擅长比别人先发现新事物，一八七四年在卡普西纳大道的摄影工作室，举办日后被称为“印象派”的新锐画家展览会时，他正是因其“恶评”才去参观。然后，他就瞬间被“印象派”画家，尤其是克劳德·莫奈的作品迷倒了。两年前，巴黎的新进画商迪朗·吕埃尔发掘了莫奈，开始卖出这位画家的作品。艾内斯特从迪朗·吕埃尔那里不断买来这位年轻画家——不过其实也已三十五六岁了——的画作。身为刚入门的收藏家，对艾内斯特而言有二大优势：可以独占默默无闻的画家作品，而一幅作品的价格甚至比艾丽斯的订制洋装还便宜。

同样出自富裕家庭的艾丽斯，双亲皆已过世，部分遗产由她继承——那是位于蒙杰宏的别墅罗腾布尔城。夏初，与莫奈初次相见便意气投合的艾内斯特，想到了一个好主意：不向画商购买完成的作品，索性直接请画家配合家中的房间来作画。莫奈欣然接受这个提议。

莫奈的妻子卡蜜儿在前一年病倒，定期收购他的作品的迪朗·吕埃尔画廊也陷入经济困境。

在走投无路的情况下，欧舍蒂这样的金主出现，对莫奈而言，简直堪称及时雨。

“总之，在入秋之前，期待你能有个眉目。你就把这里当成自己的家，放松心情安心创作。啊，还有，如果你需要助手，可以使唤布兰琪。这孩子颇有看画的眼力。”

突然被指名，布兰琪当下身体僵硬。莫奈沉稳的视线转向少女。布兰琪这次不再逃避，直接回视那双眼睛。

宛如平静的湖面，又好似无风的正午草原，那是一双清澈的眼睛。布兰琪不禁屏气凝神。

那双眼睛，从这世间的平凡风景，看出如此鲜活的景色。这是什么样的眼睛啊！这双眼睛中的自己，究竟，又是什么模样呢？

那一瞬间，布兰琪感到，自己内心隐然有某种东西破土而出。

那颗种子，究竟是几时在平坦干燥的心灵大地种下的？她想起巴黎那栋房子，起居室的水晶吊灯洒下如假笑般虚伪的人造光明，就在那屋内的壁炉正上方挂着画——画着玫瑰色的海面，刚刚苏醒的清晨，清新的日出。或许就是在第一眼看到那幅画的当下吧。

布兰琪的心中，倏然掉落一颗小小的种子。那颗种子拥有在日后变成美丽花园的惊人力量，然而在那个夏日，少女布兰琪尚且无从得知。

通往庭园的正面大门彼方，传来莫奈呼唤母亲的名字艾丽斯的声音。

正在厨房检视餐后甜点舒芙蕾烤得如何的布兰琪，当下一惊，慌忙走出去。

可以清楚看见庭园中央那条笔直小径的玫瑰花荫下，放着暗绿色的藤制桌椅。壮硕的身躯窝在那椅子上，戴着宽檐帽满脸白须的莫奈把侧脸转过来，对着跑过来的布兰琪喊道："艾丽丝，不好意思……"

"有什么事吗？"布兰琪调整呼吸后，咧嘴挤出笑容问道。啊，又来了。最近，老师不时会对着我喊出死去母亲的名字。

"帮我把常用的那把遮阳伞拿出来好吗？今天的太阳异样刺眼。明明才五月，真是的，这个阳光未免也太强烈了。"

云层之间断续露出蓝天。洋溢在这春花怒放的园中的，是温和的淡淡阳光。布兰琪应声称是，奔向储藏室。虽是春光明媚，她的心头却笼罩凝重的乌云。

一个月前，法国政府与克劳德·莫奈正式签约，把他目前制作中的大型壁画《睡莲装饰画》连作，捐赠给修整为卢浮宫美术馆分馆的橘园美术馆特别室。大力推动这项计划的，是虽然已退出政坛，但仍成为本案实质交涉窗口的老友乔治·克里蒙梭，他不知对这一天已期盼了多久。

莫奈起初想要的展览场所是旧罗丹宅邸，可惜这项方案未获通过。对方提议改用杜乐丽花园内的既存建筑橘园展出，但莫奈迟迟不肯同意这个方案，甚至钻牛角尖地打算干脆撤回那个计划，但最后他还是点头首肯，完全是因为顾虑克里蒙梭的立场。

是布兰琪不断鼓励苦恼的莫奈。她说：请接受克里蒙梭先生的提案吧。老师您有多么重视这件睡莲，是如何呕心沥血地不断描绘，那位先生比任何人都了解。他不想把这幅画交给日本或美国。他同样也是抱着以生命守护这件作品的决心哦。

实际上，通过多位画商的管道及国际性展览得知莫奈的大名后，想拥有莫奈作品的外国人络绎不绝。日本与美国都有认真的艺术掮客来到吉维尼，希望买下睡莲连作，在该国的美术馆展出。如今，莫奈的名声已高涨至连布兰琪都感到害怕的地步。如果这件睡莲装饰画流落到国外，那将是法国的莫大损失——事情已升高到这种层级了。

然而，比起政府如何，法国又如何云云，莫奈更看重的，是老友克里蒙梭一心一意四处奔走的热情，以及在莫奈近半世纪的创作过程中，耐心陪伴他的布兰琪。他是为了这两人，才在捐赠睡莲装饰画给国家的合约上签名。

哪怕已成为轰动世界的巨匠，或者画作卖出巨额天价，莫奈仍旧是个一心只想不停绘画的画家。不该让他为了赚钱糊口汲汲营营——换言之，不该为任何干扰绘画的事情操烦。布兰琪的心愿，仅此而已。

这一两年来，睡莲装饰画的计划该如何定案，一直令莫奈很苦恼。布兰琪把闷闷不乐、无法下笔的莫奈带到庭园，在树荫下喝茶，赏花，聊着花草树木的话题安慰他。为了创作，莫奈前往诺曼底及鲁昂、甚至远及意大利的威尼斯一再旅行。这曾经是他的人生，但失去艾丽斯与尚后，他从此闭门不出。相对的，彷佛决心要拥有这世间森罗万象的一切，他开始倾注心魂在吉维尼的庭园设计上。郁郁寡欢时，拯救这位年迈巨匠的，是庭园的阳光，随风摇曳的花朵，以及有布兰琪陪伴的餐桌。

不过话说回来——布兰琪一边自储藏室角落取出折起的遮阳伞，一边寻思。

本以为与国家签约后，老师的心情应该已经整理清楚了。但最近，老师的创作进度慢了很多。

还会喊我艾丽斯，有时吃着饭就发起呆。还有，去庭园时也动不动就喊刺眼。

“布兰琪！”听到大声呼唤，她霍然惊醒。扛着遮阳伞，匆匆奔向玫瑰花荫。玛格丽特正好以托盘端着午餐的甜点过来。

“对不起，因为伞收在最里面。”布兰琪一边耸肩喘气，一边极力和颜悦色地解释。“没关系。”莫奈也露出笑颜。

“巧克力舒芙蕾烤好了，我希望你也能立刻吃到。舒芙蕾一定要趁热吃，对吧？”

他兴冲冲地把汤匙插进舒芙蕾鼓起的表面。舀起一口送进嘴里，叹息着嘟囔。

“啊，太棒了。你做的舒芙蕾是天下第一，艾丽斯。”

布兰琪听了，不禁微笑。

说不定，老师是故意喊母亲的名字。蓦然间，她如此想着。

“好，可以了。就选这儿吧。帮我把伞撑开好吗，布兰琪？”

驻足在可以近距离看见塞纳—马恩省河支流水面的草丛，莫奈直视正前方说道。大型遮阳伞的柄尖插进地面后，把伞对着夏日的天空撑开。明亮的阴影，笼罩画家与那个金主的女儿。

夏末，莫奈受艾内斯特·欧舍蒂的委托，预定要挂在罗腾布尔城起居室的三幅风景画，已接近完成。由始至终，十一岁的布兰琪，怀抱着小女孩的好奇心与懵懂的憧憬，一直在旁观看他的创作过程。

对于父亲一时兴起的建议，布兰琪认真接受，结果，整个夏天她都担任画家的助手。不过，其实她也没做什么了不起的事。只是跟随一贯在户外创作的莫奈，把颜料盒与画架放在推车上出门；在画家选定的地点撑开遮阳伞，配合太阳的移动一点一点挪动伞的位置；拿小水桶去河边汲水供画家洗笔。其实只是很琐碎——但莫奈说“很重要”——的助理工作。

布兰琪不想错过画家在全白的画布上摹写风景、以鲜艳色彩填满画面的神秘瞬间，于是抱膝躲在遮阳伞的青色阴影中，大气也不敢出地凝视莫奈的背影。

画家在选定的风景前竖起画架，伫立良久，半晌都没动过。布兰琪想起之前请摄影技师来拍全家合照时的情景。摄影技师和三脚架上的相机一同被黑布整个罩住，看似五条腿的怪物。与三脚画架站在一起的莫奈，同样也是五条腿的怪物。但他的腿，不是踩在照相馆冰冷的地板上，而是牢牢踏着大地。

双手缓缓叉腰对着风景频频眺望后，他自颜料盒陆续取出管状颜料，在调色盘上挤出颜色。首先，是大量的铅白。铬黄、柠檬黄、朱红、绀青、钴蓝、翠绿、铬绿……从略暗的色调开始，渐渐转往亮色系。笔触如舞蹈般轻盈，犹如掠过画布表面而去的燕子。

厉害。太厉害了。天啊，看吧，居然能那样！

老师的画笔只是稍微动了一下……就好像看见清风吹拂而过。

布兰琪看得如痴如醉。甚至几乎忘记呼吸，只是拚命追逐画家的每一个动作。

有一次，一如既往面对画布的莫奈，终于忍不住笑了出来。他笑得太突然，吓得布兰琪几乎心跳停止。

“啊呀，我的背好烫哦，布兰琪。被你那样盯着，我的背后都快冒出火花了。”

布兰琪愣住了，旋即一同笑了出来。自己都觉得好笑，因为，这真的是她第一次如此专注投入一件事。

无论弹钢琴、写作文或阅读，她都不曾这么热衷过。自己明明不画画，居然会为眼前作画的景像如此心醉神迷。

“一坐就是几个小时，一定很无聊吧？”莫奈问。布兰琪听了，摇头说不会。

“一点也不无聊。如果是在家里，可能早就萎靡不振了。我呀，最喜欢的就是晒太阳了。”

听到她这么说，莫奈“噢？”一声，又笑了。“简直像是大丽花的自言自语呢。”他说。

与画家共度的那个夏天，布兰琪变成热爱美术的少女。说得更正确一点，是热爱看着克劳德·莫奈创作美术作品的少女。

忙于工作的父亲艾内斯特，要到初秋才会回罗腾布尔城接家人。孩子们自然与莫奈熟识亲近，在午餐后或晚餐后，他也会陪孩子们玩一会儿。年幼的洁美娜与杰克，毫不客气地奔向莫奈宽阔的胸怀让他抱起，放声大笑。总是不在家的父亲，从来不曾这样陪孩子们玩过。弟妹们完全和莫奈打成一片，时哭时笑时而撒娇，令布兰琪看得很开心。

母亲艾丽斯，则是怀着非常尊敬的态度，以及特别的亲昵，对待这位前途光明的艺术家。莫奈与艾丽斯的视线，经常在不经意的瞬间温柔纠缠，彷佛被吸进去似地互相凝视。那种时候，布兰琪会不动声色地牵起弟妹的小手离开。虽然不知为什么，但她就是想替二人这么做。

令大家特别兴奋的，总是午餐时间。桌上会放满艾丽斯亲手做的菜，自晨间创作归来的莫奈被安排坐在家长的位子上，与所有的孩子热热闹闹地用餐。虽然厨房也有女佣，但本就擅长烹饪的艾丽斯，不肯把厨师的宝座让给任何人。这一点，也让布兰琪很开心。

在巴黎时母亲忙于带孩子和社交活动，还曾抱怨连烤个点心的时间都没有，如今却一一端出拿手好菜。或许多少也是因为离开都市，丈夫也不在，有种解放感吧。不过，更重要的某种东西，令母亲变得开朗，有时甚至美丽耀眼得令人惊心——布兰琪如此察觉。

餐桌上摆满各式各样的菜肴。大蒜汤，里昂式水波蛋，牛肉饼，填鸡，樱桃派，桃子水果塔。

“啊，太棒了。你做的舒芙蕾是天下第一，艾丽斯。”

吃了一口热腾腾的起司舒芙蕾后，莫奈如此感叹。每次，布兰琪眼尖地发现，母亲的脸上总是倏然焕发光彩。

——这是不对的，是吧？

躲在遮阳伞的青色阴影下，抱着双膝，凝视莫奈正在作画的背影，布兰琪左思右想。

母亲已是父亲的妻子。况且，听说老师家里，也有生病的妻子，和一个可爱的小弟弟。

彼此都有家庭的男人与女人，互生情愫，是不对的吧？

但是……母亲的心，就像那团积乱云，渐渐膨胀，好像要把整片蓝天填满。我可以看得出来母亲一定也舍不得让老师离去。

那么，如果让老师与老师的家人都住在这栋宅子里呢？这样的话，我们可以不时从巴黎过来，父亲向老师订画，母亲做菜，我当老师的助手，让老师创作出更多更多的画，获得全世界的认同。全法国的人，都会知道克劳德·莫奈这位画家的名字——难道不能那样子吗？

布兰琪的心中，时而下雨时而天晴，彩虹骤现又消失地无影无踪，宛如酝酿着午后雷阵雨的夏末天空。

就这样，终于，莫奈创作的蒙杰宏风景画完成了。都是大作，全部共三幅。夏日风景画《火鸡》《大理花》《蒙杰宏的池塘》。看到蒙杰宏清新的景色，远景还画出自己的别墅罗腾布尔城，艾内斯特·欧舍蒂与艾丽斯都非常满意。但是，比任何人都欣喜于作品完成的，是布兰琪。

布兰琪就像那是自己画的一般欢喜又骄傲。同时，想到莫奈将与夏天一同远去，也非常依依不舍。其他的孩子们，还有母亲，似乎也有同感。

“老师，您还会再来蒙杰宏吗？”

与莫奈道别的那天，在宅邸正面门厅送行的布兰琪，鼓起勇气问道。打开马车的门，正准备要上车的莫奈，被她这么一喊，转身回头。

“您会再带我去‘老师的画室’吗？”

莫奈的画室是指蓝天下。

“——我的画室啊，布兰琪，就是这片天空下。

学院派的画家们，躲在阳光照不进来、阴暗狭仄、弥漫颜料浓郁气味的屋里，卯足了劲，试图把这世间所有的东西在画布上重现。但是，他们描绘的森林、海洋、花海，终究是镜花水月的幻影。所以，我决定了，唯有这片蓝天下，才是我的画室。

醒来，呼吸，此刻，生存的世界，充斥这个世界的光与影。把这一切，都摹写在画布上。”

无垠的夏季天空下，莫奈停下拿画笔的手，如此告诉布兰琪。那正是赌上一生不断追逐光线的画家，做出的决意宣言。

老师的画室所在之处。不管那是何处，都想跟随。十一岁的布兰琪，也同样率真地如此祈求。

莫奈定定凝视少女的双眸，平静地回答：

“当然没问题，布兰琪。如果你不怕晒黑的话。我会再来。明年的夏天，也在这个场所。”

晒黑的手，骨节粗大的指尖，轻触布兰琪的脸颊。蓦然飘来颜料的气味。那是克劳德·莫奈的味道。是在新绿丛生、睡莲随波荡漾的河畔，那位画家的味道。

上午十点三十二分，吉维尼大宅的玄关大门，不多不少地敲响三下。

布兰琪制止慌忙想去门口迎接的女佣阿涅丝，把自己的脸对着挂满阅览室整面墙的浮世绘画框镶嵌玻璃，稍微整理一下扎起的白发。打开门，出现一张皱巴巴的忧愁面孔。

“您好，总理先生。”

她自认已尽力挤出满面笑容发话，但克里蒙梭一直低着头，就这样踏入屋内。

“所以，今天我应该可以见到克劳德吧？月初我就写信来，说今天十点半会到访……信应该收到了吧？”

把帽子与手杖随手扔到门旁的沙发上，克里蒙梭问道。布兰琪简短应了一声“是”之后补充：“这几天，老师的身体不太好，一直躺着……今天也是，现在还在寝室里呢。”

“谢绝会客吗？”克里蒙梭不悦地说。

“真是的，我可是鞭策这身老骨头，大老远走着崎岖不平的乡下道路赶来的……”

他气恼地嘀嘀咕咕。布兰琪保持微笑，请克里蒙梭到起居室。

“唉，您别这么说嘛……要来杯苹果白兰地吗？用自家制的苹果酒与白兰地，做出很棒的味道哟。”

把克里蒙梭带进起居室后，她急忙去厨房，对忐忑不安伫立的玛格丽特与保罗迅速做出指示。

“保罗，请你从水槽捞起龙虾，再去地窖拿一瓶勃艮第的白葡萄酒。玛格丽特，请你把三个烤箱都预热，还要切洋葱末，要快哦。”

“还是要做午餐招待客人吗？”保罗问。

“那当然。”布兰琪当下回答。“前任总理大驾光临，如果不拿出最好的菜色招待岂不是太失礼了。”

“可是……”玛格丽特欲言又止地插嘴。

“老师非常生气呢。还说‘如果来了就立刻赶出去，没必要留他吃午餐’……”

布兰琪露出沉稳的笑容，“你放心吧，玛格丽特。”她温柔地说。

“如果真的那样做，反而才会两边不是人。前总理和老师都会生气的。好了，别担心了，快去准备吧。”

然后，她在水蓝色桌上翻开已变得破破烂烂的笔记本，在旁边放张纸片，握着铅笔运笔如飞。

餐前酒　诺曼底苹果酒

热前菜　松露薄饼

冷前菜　鸭肉冻

主菜　法式酱汁烩龙虾搭配波尔多风味奶油炒蘑菇

红葱头色拉

甜点　巧克力蛋糕

起司　卡曼贝尔

乡村面包　含盐奶油　杏子果酱

咖啡餐后酒（李子白兰地）

不可思议的是，这样自母亲遗留的食谱中抄写当日菜单，心中呼啸的暴风狂沙总是会跟着平息。不知已有多少次是这样熬过来的。我，不，老师与我——无论再大的痛苦与悲伤，总算都熬到今天了。

所以，肯定还能再次熬过去。

莫奈最爱的龙虾酱汁的香味，想必连二楼的寝室都闻得到。但是，直到克里蒙梭与布兰琪用餐完毕，莫奈还是没有下楼来餐室。

一边品尝餐后的李子白兰地，克里蒙梭慢条斯理地环视室内，说道：

“我从以前就一直想问了……为什么这间餐室非要弄得这么黄？”

吉维尼大宅在装潢方面，每个房间都经过莫奈详细的指示，从主色调到壁纸的花样、沙发布的花色与质感、乃至挂在墙上的每一幅画，都贯彻了他的美学意识。因此，每个房间都有彻底的统一感。这里完全没有布兰琪少女时代住在巴黎家中的那种阴郁感。莫奈一心想将充斥庭园的光线也带进屋内，在每个房间都用了缤纷的花卉色彩装饰。例如厨房是绣球花的青色，餐室是向日葵的黄色。

“因为这是与客人或家人共度快乐时光的场所。为了不让任何阴影潜入，特地装饰得最明亮。”

这并不是从莫奈那里听来的说法。但是，布兰琪深信，老师肯定会这么回答。

墙上挂满裱好框的浮世绘，地板、墙面与天花板，暖炉、餐具柜与椅子，全都染成鲜艳的黄色。一般人如果这样打造房子，恐怕只要待个一分钟就会头晕了。但是，画家的餐室，就像大片花海的延长。桌上是清新洁白的桌布。桌上陆续端来的菜肴，成为可爱的花束，温馨地送抵围绕餐桌的人们心房。

待在这个房间时，任谁都会满面笑容。以莫奈为中心，有母亲在，有兄弟姐妹在，有契合的友人，远道而来的客人。每个人都在笑，尽情享用餐点，享受人生。这里，打从一开始，就一直是这样的场所。

“如果不这么明亮恐怕就失去意义了吧，对于近七十年的时间都曝晒在阳光下的眼睛而言。”

克里蒙梭幽幽低语。他的脸上，不见微笑。

“——是白内障吗？”

对于克里蒙梭这个问题，布兰琪沉默以对，最后回答了一声“是”。

“糟到什么程度了？……睡莲的画呢？”

这次，什么也回答不出来。她害怕回答。

睡莲装饰画捐给国家的合约签定后，莫奈骤然失去继续作画的心力。起初，还以为他可能是一时放松精神，或是年事已高的关系，所以她只是在一旁静观，但他天天在画室看着未完成的作品，压根儿不打算动笔。好不容易去庭园一趟，也总是抱怨太刺眼需要遮阳伞。事情不对劲——就在她开始这么觉得时，莫奈倒是先向她坦承一切。

所有的东西都奇妙地刺眼。简直无法再继续睁眼。

他已经什么都画不出来了。

“好不容易说服他，请巴黎的眼科医师库特拉先生特地过来，替老师诊察。结果……”

“结果怎样？”克里蒙梭又恢复一脸忧愁问道。

“……医生说，如果不开刀，继续这样创作的话，恐怕会失明。”

克里蒙梭就此陷入沉默。布兰琪也已无话可说。

与国家签定的作品交付日期已逐渐逼近。克里蒙梭一再寄来急如星火的催促信。莫奈似乎连看信的心力也没有，一律由布兰琪拆信代读。莫奈说克里蒙梭太性急，很不高兴，也不肯写回信，布兰琪只好代为写信致歉。

她老实表明莫奈的视力退化，鼓起勇气征询能否将交画日期延期。于是，这位老朋友才得知莫奈处于什么样的困境。克里蒙梭二话不说就直奔吉维尼，正是基于这样的原因。

“已经快完成了吧？画到什么程度了，能否让我看一下？”

克里蒙梭终于打破片刻沉默说道。布兰琪摇头。

“无论是谁，没有老师的许可都不能进画室，就连我也一样。”

“可恶！”克里蒙梭短促地低吼一声，手掌狠狠拍在洁白的桌布上。被他这么一拍，桌子中央插成一球的波斯菊簌簌掉落花瓣。

“怎么会这样。都已经走到这一步了，居然无法完成……。”

凝视克里蒙梭充满苦涩的表情，布兰琪对自己的无力万分懊恼。

自己为了老师什么事都肯做。克里蒙梭先生也是，只要能让老师信守与国家的约定，想必愿意做出任何支援。

但是，不论是布兰琪或克里蒙梭，唯有一件事无能为力——莫奈已渐渐丧失继续作画的心力。

克里蒙梭准备要走了，等他要从玄关旁的沙发拿帽子与手杖时，莫奈还是没出现。把帽子在秃头上端正戴好后，克里蒙梭转身面对布兰琪。

“我还会再来。也会写信……放心，我并没有放弃。不管怎样，我一定会让克劳德完成那件作品。之前世界大战时，德军都已进攻到这吉维尼大宅的附近了，他还不是照样继续作画。”

彷佛是要说服自己，克里蒙梭说道。布兰琪无意识地点头。

只要太阳仍继续照耀这个世界。

莫奈这位画家，应该就会继续画画。画那些会呼吸、充满生命的风景。画绿色的池塘，池中绽放的睡莲——她渴望如此相信。

然而，如果那双凝视世界的眼睛，被永远剥夺了呢?

“那么，我走了。替我问候克劳德。”

无力地道别后，克里蒙梭离开大宅。当布兰琪一路送他到玄关门口，画家的老朋友忽然转身对她说：

“布兰琪，午餐很好吃。谢谢你。”

他稍微抬起帽子，终于露出笑容。布兰琪微笑，举起一只手示意。那一瞬间，泪水夺眶而出。

天啊，冷死了。

手脚都已冻僵，完全失去感觉。肚子空空如也，胃好像在燃烧。今早，只啃了一块面包。可是，不忍耐不行。弟妹们想必比我更饿。对，还有母亲，老师也是。

我都这样了，老师肯定更是冻得硬梆梆。可是，不知已过了几小时，只见他像变成冰雕般纹风不动。

他凝视结冰的塞纳－马恩省河面——就像等待薄日融解冰面的瞬间。

“布兰琪。帮我拿颜料来。我要铅白、铬黄、朱红、漆红。”

莫奈的声音响起。她赫然一惊，慌忙打开紧抱在胸前的颜料盒盖子。为了不让零度以下的低温使颜料凝固，她拚命搂在怀里保温，但冻僵的指尖无法顺利取出管状颜料。“让我来试试。”这时，温和的声音再次响起。

莫奈干燥的指尖，在调色盘上依次挤出色彩鲜艳的颜料。沾上颜料的画笔尖，在画布上纵横无尽地穿梭奔驰。布兰琪忘了浑身冻僵的寒冷，也忘了饿得胃痛的空腹感，像要追逐飞舞在雪原上的美丽小鸟般，追逐他的动作。

诺曼底之东，塞纳—马恩省河右岸的乡下小镇维特伊(Vétheuil)。那年冬天遭逢格外严酷的寒冷。下个不停的大雪把一切都埋在白色世界中。塞纳—马恩省河完全结冰，夏天时彷佛永远流不尽的滔滔河水，如今在寂静中悄然封锁。

蜿蜒的河流与周边的聚落，随着季节与时间的更迭变换表情。莫奈企图把瞬息万变的风景每一刻都留在画中，带着几张未完成的画布，沿着河边走上好几个小时，到处架起画架。身后，已经十四岁的布兰琪，推着放遮阳伞与颜料盒的推车跟随。

莫奈初次造访蒙杰宏的罗腾布尔城，制作挂在起居室的作品后，他与欧舍蒂一家人的关系就急速亲近起来。

艾内斯特·欧舍蒂不断买下莫奈及“印象派”画家的作品，因此莫奈一家的家境也变得宽裕多了。莫奈在那年秋天，以及来年的夏天又来到罗腾布尔城创作。布兰琪很高兴。莫奈滞留蒙杰宏期间，以助手的身分去“莫奈的画室”已成了她的例行功课。

不只是风景画，莫奈也陆续以艾丽斯及女儿们为模特儿，画出在热闹草原及光线中的肖像画。“我可是老师的助手。怎能当模特儿。”如此退缩不前的布兰琪，也被莫奈以“当我的模特儿，可以帮我更大的忙”给说服，虽然害羞，但她最后还是打从心底抱着期待，与母亲和姐姐一同担任模特儿。

那是非常不可思议的体验。自己与家人的身影，透过画家的巧笔被禁锢在画中，活在永恒的时光里。如果克劳德·莫奈今后成为与安格尔[3]及德拉克洛瓦那么伟大的画家并称的大艺术家，说不定百年之后，在哪个美术馆或收藏家的家中，某人会在画中发现自己的身影。这么一想，布兰琪就会很想对百年后的某人说句话。她想告诉对方，今后也请好好珍藏这幅画。

艾丽斯一如初次迎来莫奈的夏天，不，更甚当时，每天都做出美味可口的餐点。莫奈坐在依旧缺席的父亲位子上，母亲悄然依偎在他身旁。布兰琪坐立不安地看着二人的样子。

与莫奈共度的第二个夏天，艾丽斯即将临盆。布兰琪忍不住胡思乱想：该不会，这个快要出生的小宝宝，亲生父亲不是爸爸，而是老师——不，她毋宁更希望是这样。若真是如此，自己一家人与老师的关系，应该就会变得更深厚更难以断绝。

连做女儿的都这么猜想，母亲对画家怀有超乎必要的好感已是昭然若揭了。莫奈凝视爱丽丝时的眼神，也像是满怀爱意的情人才

3 让·奥古斯特·多米尼克·安格尔（Jean Auguste Dominique Ingres，一七八〇至一八六七），新古典主义画派的最后一位领导人。

会有的。

有一次，布兰琪忍不住，终于试探着问姐姐玛特：

“玛特，妈妈和老师，好像有什么特别的关系吧？”

姐姐似乎很不高兴，不客气地回答：

“这种事，绝对不准对爸爸说。知道吗？”

当然，她压根儿不打算向父亲打小报告。但是，她想确认一下，除了自己之外，是否还有谁也发现母亲与莫奈已建立无形的感情牵绊。

对，特别的关系。超越赞助者与艺术家的关系、男与女的关系，是更亲密、更难以断绝的关系。十二岁的布兰琪，明确感到二人之间充斥着安静的热潮。

覆盖夏季天空的积乱云，引来剧烈雷阵雨的瞬间，总是毫无预兆地降临。那个夏天，正是如此。雷阵雨一口气搅乱了平稳的河流，顿时化为推动欧舍蒂一家命运的浊流。

夏季结束，艾丽斯为了待产，与孩子们一同自蒙杰宏返回巴黎。莫奈也回到病妻卡蜜儿与孩子等待的阿让特伊（Argenteuil）宅邸。二人约定，等生产后安顿好了再到蒙杰宏相会。

艾丽斯平安产下一个男孩。不料，经营百货店的艾内斯特·欧舍蒂的公司破产了。

由于对绘画的过度投资，陷入周转不灵。一夕之间，欧舍蒂家失去所有的财产。这个消息，莫奈是在前往巴黎的欧舍蒂家庆贺孩子诞生时才听说。艾内斯特委托他画了好几幅作品。但是，如今的状况不容他索讨费用。欧舍蒂夫妻甚至已无暇为孩子的诞生欢喜。

布兰琪非常混乱，她一时之间还无法理解家里到底发生了什么事。“我们已经一无所有了”，父亲如此告诉她。“包括巴黎的房子，以及蒙杰宏的别墅都没了。收集的大量画作也必须立刻拿去拍卖。”如果无法尽量多换一法郎回来，一家八口，今后，恐怕会活不下去。

“妈妈。我们会变成怎样？会像爸爸说的，再也活不下去吗？我们不能再和老师在一起了吗？”

房子、钢琴、洋装、鞋子，这些她通通都可以不要。但是，她无法忍受父亲收集的莫奈作品被拍卖。而且与莫奈共度的时光或许将永不复返，这个念头，也令布兰琪心碎。

“你放心，布兰琪。不管是再大的风暴，迟早肯定都会过去的。到时候，我们再和老师一起吃饭吧。”

艾丽斯抚摸不安战栗的女儿那头浓密的栗色秀发，平静地说道。

“真的？那么，到时候，妈妈会再做老师爱吃的烤龙虾吗？”

“对，那当然。我保证。”

为了不让布兰琪哭出来，艾丽斯温柔地搂住她的肩膀。

结果艾丽斯与布兰琪的约定，以意想不到的形式实现了。

连住处都失去的欧舍蒂一家，只能狼狈地投靠刚刚自阿让特伊迁居维特伊的莫奈。身无分文的父亲依赖的，竟是比他们一家还要贫穷的画家。究竟是出于什么样的理由，布兰琪无从得知，但是那一刻，能够去莫奈身边的喜悦，远远胜过她对自己一家惊人沦落的羞耻。

莫奈自己虽然也很穷困，却还是默默接纳了连一日三餐都没着落的欧舍蒂一家。就这样，总数多达十二人的两个家族，在一个屋檐下，开始并肩生活。

一同前来的艾内斯特，拚命找借口解释。他说本以为莫奈的作品能以更高的价钱卖出。为了清偿债务，艾内斯特大批的印象派收藏，以低廉的价格被卖掉。其中，也包括布兰琪最喜欢的那幅《日出·印象》。莫奈的杰作以难以想象的低价分别卖出，让布兰琪犹如自己的家人被卖掉般，有种难以言喻的屈辱。但是当然，她毫无办法。

两家人开始挤在一块儿生活不久，艾内斯特就宣称要前往有亲戚居住的比利时，突然一个人离开了。想必是一大家子仓皇投靠他以前照顾过的画家，让他感到快要窒息吧。眼见艾内斯特离开，没有任何人阻止他。

抱病在初春生下次子米歇尔的莫奈之妻卡蜜儿，对于就在一年前还是丈夫最大金主的欧舍蒂一家，没有半句怨言，温暖地接纳了他们。她坦诚说出自己有病帮不上任何忙，现在别说是画具，连每天的面包都买不起。之后，她露出虚弱却已竭尽所能的微笑，对艾丽斯说：

“即便如此，我相信一定会有办法的。太阳，草原，塞纳－马恩省河。只要有这些，我家那口子，应该就能继续画下去。”

正如卡蜜儿所言。莫奈彷佛是要逃避贫困的现实，日复一日，走遍河边、草原、村中小径。布兰琪开心地涨红了脸，精神抖擞地依旧推着那辆推车，跟在画家身后。艾丽斯用鸡骨头与蔬菜渣熬汤，把面包按照全家的人数切成小块准备饭菜。先给卡蜜儿，然后是正在发育、胃口极大的孩子们，之后给莫奈。艾丽斯自己的盘子里，每次总是只有一两片煮熟的高丽菜叶。布兰琪偷偷把自己的那份面包留起来，趁着没人的时候，交给饿着肚子闷闷不乐的莫奈长子尚，“这个，给你吃。”

“我才不要。你每天都跟我爸爸出门步行，你自己吃掉就好了。”

比布兰琪小两岁的尚，大概是觉得拿女生的面包有点没面子，一口回绝道。“你不要的话，我就给我弟弟杰克啰。”她这么一说，尚急忙自布兰琪手里抢去面包，大口咬下。

夜里，结束寒酸的晚餐后，莫奈写了几封信。是向友人借钱，以及催促画商付款的信。马奈、雷诺阿、卡耶博特、毕沙罗、还有迪朗·吕埃尔。他们几人，生活也绝不宽裕。向这样的友人求助，对莫奈而言是无比艰难的行为。但他已经快要撑不下去了。

卡蜜儿的生命，就在这贫困的窘境中，如风中残烛静静熄灭。莫奈那双彷佛洞察这世间一切的明亮双眼，也倏然熄灭了烛火。

就像是扔进池底的石子，从此，他再也不肯出门。掩藏在胡子底下的脸上，向来泛着微笑的眼睛，如今失去光芒。就连两个儿子，他都无力去过问了。一岁半的米歇尔，自然不可能明白母亲已不在人世。失去母亲又被父亲忽视，长子尚只能咬紧牙关强忍悲痛。搂住两个可怜的小男孩，努力不让他们难过的是艾丽斯。

河边树木的叶子染上红色与黄色，开始吹起寒冷的北风后，莫奈依旧窝在屋内，不肯去“画室”。布兰琪每天都会去野地，采摘各种秋季花朵回来插在花瓶里。艾丽斯拚命照顾孩子们（包括卡蜜儿留下的孩子），继续烹调简单却温暖的食物。

无论如何，哪怕是一点点，只盼能够温暖老师的心。

清晨，醒来立刻打开窗子的遮阳板，确认当天的天气，不知几时已成了布兰琪的例行功课。如果看到晴空万里，今天老师说不定会愿意去“画室”。若是下雨，没办法，那就再去摘花吧。若是下雪，那就和孩子们一同出去玩耍换换心情。并且，尽量发掘美丽的风景片段，说给老师听。

老师，我们出门吧！请让我再次与您同行。去老师的“画室”，去那片天空下。

她不断如此祈求。

随着冬天的到来，一股强烈寒流抵达。某个清晨，布兰琪发觉窗外的空气比平时更加寒冷紧绷，她披上斗篷走到门外。远方，隐约传来吱呀作响的奇妙声音。她循声走到塞纳—马恩省河畔，不由失声惊呼。

水面结冰了。塞纳—马恩省河恒久长流，难得冻结。布兰琪想把这个大发现立刻告诉老师，当下跑回家。

“老师！不得了了，塞纳—马恩省河结冰了！”

被布兰琪连拉带扯，连颜料盒与画布也没拿，莫奈奔向冷空气中。当他目睹完全冻结的河面，不禁倒抽一口冷气。这是卡蜜儿死后，画家终于觉醒的瞬间。

从此，莫奈又开始一点一点地，走向耀眼的户外世界。一如蹒跚学步的幼儿，为了找妈妈拚命前进。

同时，莫奈也终于开始动笔了。

比以前更轻盈、更鲜明、更流畅。画家的眼前，结冰的塞纳–马恩省河，开始缓缓变貌。永恒冻结的塞纳–马恩省河，突然间，因些微的春天征兆开始融冰了。莫奈急忙以惊人的迅速、正确与感动动笔，以免错失那一瞬间。

河流时时刻刻变换表情。只是把画架放的位置挪移几公尺，便可看见崭新的景色。早晨，正午，傍晚，光线的角度，看起来也截然不同。

“我还要更多、更多。我需要更多的画布。我必须全部画下来才行。”

莫奈一边挥洒画笔，一边喃喃自语。

“风景会随时间改变。现在看到的这片景色不代表一切。啊，那么单纯的事我为何没有早点发现！那么理所当然的事……为何竟会如此、如此令人喜悦。”

布兰琪屏息聆听他的呢喃。

现在，自己注视的，是穿着破旧披风的背影。是穷画家背负各种包袱的背影。

然而，在布兰琪的眼中，比起在日光下熠熠发光的冰块，那个背影显得更加耀眼。

在小小的银托盘，放上热巧克力与一只水蓝色信封，布兰琪蹑足走进莫奈的起居室。

矮柜上排放着装在小相框里的家族肖像照，旁边是橘色与金色丝线织花的躺椅，现在，房间的主人倚在躺椅上睡得正熟。

最近，一直是这样。早上虽然很早就醒了，但即便天气再好他也不肯去庭园。用完早餐， 就移往以前当成画室使用的起居室，在那里开始打瞌睡。有时叼着烟眺望窗外，有时也看着墙上的画——这个房间的墙上挂满了马奈、雷诺阿、德加、卡耶博特、布丹[4]等已经离开人世的好友的画作——就这么漫然发呆，但多半会昏昏沉沉睡到午餐时间。至于第三画室——那间画室里放置着仍未完成的睡莲装饰画——不知已有几个星期不曾踏入一步。

布兰琪把银托盘静静放在边桌上，“啊，是热巧克力的香味。”

4 欧仁·布丹（Eugène Louis Boudin，一八二四至一八九八），又译为尤金·布丁，是一名法国风景画家。

莫奈立刻睁开眼。

“哎呀，把您吵醒了，对不起。”布兰琪朝他微笑。

“我根本没睡，虽然闭着眼但是很清醒。不过，最近的我，就算睁着眼也等于在睡觉。”

莫奈难得说出这种自嘲的话。布兰琪悄声叹息。

莫奈在巴黎开刀治疗眼睛，已过了一年有余。被诊断出白内障后的那三个月，克里蒙梭与布兰琪锲而不舍地说服他，终于让他首肯动手术。实际上视力老早就已退化，莫奈却没告诉任何人，一直继续创作，导致视力更加恶化。

先是右眼开刀，手术很成功。视力恢复，令莫奈非常高兴。从巴黎返回吉维尼之前，甚至邀约克里蒙梭去橘园参观。半年后，这次是左眼开刀，同样成功。八十三岁的莫奈再次恢复视力。

想必是看得比以前更清楚令他欣喜万分，他意气昂扬地表示，想要立刻重拾搁置多时的睡莲装饰画创作。然而医师发出暂时不得工作的禁令，因此布兰琪拚命试图阻止他。她说：还没有完全康复哟，现在如果勉强工作，下次真的会永远失明。

但是，一旦起意，不管怎样都要画到底，正是莫奈这位画家的天性。很了解他这种脾气的布兰琪，唯独这次却有种前所未有的危机感。她到处写信给莫奈的好友，请他们劝阻莫奈，结果，又是克里蒙梭火速赶来吉维尼大喝一声，总算解决此事。

“难道你不明白，你的眼睛不只是你的眼睛吗？你的眼睛，是我们的——更是法国的！”

或许是这当头棒喝过于有效，莫奈从此搁笔。对于医师劝告他休养一年再徐徐恢复工作的忠告，似乎也很不满。要画就尽情去画，谁也没资格来指使他的创作进度与份量。

布兰琪为了讨好闷闷不乐的莫奈，能想到的办法全都试过了。

餐桌上放的都是莫奈爱吃的菜。对庭园的打理也不敢懈怠，她命令园丁们更加用心照顾。还摘来许多莫奈喜爱的当季花卉，插在花瓶里，摆满家中各处。也配合最近特别爱追忆往事的莫奈，陪他聊天。

回忆的话题聊也聊不尽。快乐的回忆与痛苦的体验几乎一样多，但她只选快乐的事来聊。

聊家人、与友人的对话、在旅途地点发生的事。曾经把写生旅行当成生活一部分的莫奈，真的是走遍形形色色的场所。艾特塔、圣阿德列斯（Sainte-Adresse）、勒阿佛尔、鲁昂。蔚蓝海岸、布维尔（Pourville）、昂蒂布（Antibes）、库鲁兹（Creuse）溪谷。伦敦、海牙、布鲁塞尔、马德里、威尼斯。而且，莫奈下笔也惊人地勤快，经常从旅途地点寄信来。几乎都是寄给艾丽斯，有时也会寄给布兰琪。

是的，布兰琪永远都在等候莫奈的归来。不只是法国国内，“莫奈的画室”也不断扩展到周边国家，其实她真的很想跟老师一起去。

“可是，老师真的很过分，自从搬到吉维尼大宅后，写给妈妈的信上总是谈庭园，连一句贴心话都不肯写。”

她这么一开玩笑，莫奈也想起来似地笑着回嘴：

“对呀，我写的信，肯定也会被你和其他丫头们看到吧？我如果写什么甜言蜜语，以后还不知道会被你们怎么取笑呢。”

——对了，庭园还有花绽放吗？等我回去时，如果还有菊花就好了。

——谢谢你替我照顾心爱的庭园。你是了不起的园丁。虽然现在不是忙着替剑兰间苗的时期，但如果要这么做的时候，可以改种秋牡丹或可爱的铁线莲。

——我顺便找到了桂竹香，已在维侬车站挂号寄出了几篮，里面还放了其他的花花草草。有一些是多年生草本植物，还有温室用的时钟草，两种黄色的漂亮花朵，一种有点与众不同的小金莲花。

——我期待看到温室。但愿依旧美丽。这次返家，我是何等喜悦！

彷佛想伸出沾满颜料的手，立刻就碰触庭园的泥土，信上急躁地写满这样的话语，洋溢着对庭园的爱。在布兰琪看来，那就像是莫奈对吉维尼的家人怀抱的感情。

然而，最近，就连追忆往事都聊不下去了。

若只是使性子不肯创作未免也太久了。睡莲装饰画交给国家的日期，虽因动手术的关系一度延期，但对方应该不可能容许二度延期。约定的日子已无情地逼近了。

布兰琪窥视他慢吞吞喝光巧克力的侧脸，鼓起勇气试着说道：

“老师。今天天气非常好，好久没去了，要不我陪您一起去‘画室’吧？我会把遮阳伞也带着。”

不是放置未完成睡莲画的画室。莫奈的“画室”，是在那片蓝天下。无论过去或现在，唯有蓝天下，才是克劳德·莫奈唯一的画室。布兰琪如此深信。

莫奈的侧脸半晌都不见动静，最后，他缓慢的动了动下颚，点头。

“好啊，那就去吧。”

画家与他多年来的助手，并肩走出正面的阳台。

莫奈把宽檐帽压得很低。不管医师如何苦口婆心地劝说，他就是不肯戴墨镜。他指控那是从这世界夺去色彩的可怕道具，避之唯恐不及。一步一步，慢慢走下通往庭园的、被漆成绿色的台阶，莫奈眺望他付出毕生关爱的庭园全景。

辽阔的庭园中，说到人工建筑物，只有架在笔直贯穿中央的那条小径上方的玫瑰拱门。尽量以接近自然的形态，让草木自由蓬勃地繁衍，这就是莫奈的园艺方针。

庭园现在还没有像样的花朵，寂静无声。小径两侧，等到春天正式来临——当然到了夏天更不用说，将会有各式各样的花朵争相怒放。罂粟、金莲花、香豌豆、羽扇豆、牡丹、龙胆、郁金香、紫菀、铁线莲、大丽花、月季。而且，这个庭园的对面，还有另一个美丽的庭园，正屏息等待主人的来访。那是开满大片睡莲，池上架着一弯拱桥的“水之庭园”。

莫奈在三十几岁时邂逅日本的浮世绘，当下便被迷住了。那是对莫奈日后绘画造成重大影响的发现。大胆撷取风景与部分场面的构图，单纯明快却又让人感到深奥的色彩。鲜活欲滴的色彩彷佛刚刚刷上去，甚至可以感到油墨的气息。莫奈为之痴狂，一心收集浮世绘。

从此之后，日本一直是莫奈憧憬的国家。打造一个充满日本情怀、还有睡莲池的庭园，成了他长久的梦想。在人生的后半段他终于实现梦想，不知有多么欢喜。只要有客人造访吉维尼，莫奈都会喜孜孜地亲自带客人去“水之庭园”参观。

那个“水之庭园”，整个冬天他一直没去过。换言之，自从他的眼睛开刀，再也不拿画笔后，就再也没去过。

现在若是夏天，还有摇曳垂柳正冒芽的枝条与睡莲花可以慰藉老师——布兰琪懊恼地暗忖。但是，她转念又想，那个睡莲池畔，才是克劳德·莫奈真正的画室。于是她对莫奈建议：

“太阳这么大，睡莲池的池水大概也变热了。要不要去看一下？”

“不了。”莫奈虚弱地回答，把笨重的身体窝进阶梯旁的绿色藤椅。

“我不能去……再也不能了。”

他彷佛感到刺眼地眯起眼，把脸对着春光洋溢的庭园。布兰琪悄然依偎在他的背后。

“呐，布兰琪。或许，我已经画不了‘睡莲’了。”

布兰琪霎时之间屏息，凝视着莫奈的背影。

或许画不了了。

那种话，她第一次听到。

无论陷入什么样的苦境，甚至处于真正无法作画的时期，莫奈都从来没有说过“画不了”这种话。

打从十一岁起，自己就将这个人奉为终生之师，无论何时何地都跟随那坚定的背影。那个背影，以前从来不曾看似如此渺小。

“这么浩大的工程，我怎么会以为可以在所剩无几的人生中完成呢？明知痛苦，还这么勉强维持视力，太悲惨了。太残酷了。”

这些与明媚春日不搭调的话语，难以克制般自莫奈的口中吐露。布兰琪缄默不语，只是凝视那颓然垮下的背。

然而，她早已明白。每次，总是如此。莫奈站在画架前，感受布兰琪射在背上的视线，一边运笔，有时会自言自语似地嘟嘟囔囔。但是，背对着发话时，才是他真正希望对方听见的话。打从十一岁那年的夏天起，布兰琪就已明白了。

“不，那一点也不残酷。”

布兰琪的声音，令莫奈的背部倏然一动。布兰琪知道他不会转过身，继续又说道：

“真正残酷的，是那幅睡莲图没有完成就遭到抛弃。”

唯有那个，绝对不该发生。绝对不能让那幅杰作尚未问世就打上休止符。

想必，那件作品将会是老师的最后一件大作。而且，帮忙将它送出去，将是我最后的任务。

怎能让它未完成便就此终了！

“信又寄来了吧……是克里蒙梭寄的？”

莫奈面对庭园，冷不防说道。布兰琪这才霍然想起。

刚才，就是她把信放在银盘上端去，准备在躺椅旁念给老师听。水蓝色信封肯定是克里蒙梭的来信。莫奈早已明白，急性子的老友忍无可忍了。

“对，您说得没错。我现在就拿来。”

布兰琪快步走向房间，拿起一直放在银盘上的水蓝色信封，再次回到莫奈的背后。

“真是多管闲事。”莫奈依然面向庭园，低声嘀咕。

“您还没看内容就知道了？”

布兰琪微笑，自信封取出同色的信纸打开。

老迈痴狂的可怜吾友啊：

双眼罹患白内障，这种事谁都会碰上。

至于你，身为举世罕有的艺术家，虽然视力衰退，但正因你企图做出比视力正常时更伟大的壮举，才会感到一切都很残酷。同时，最棒的是，你那个企图不是已经成功了吗？如果你现在感到不幸，我认为那才是真正的不幸。

过去，你也多次经历太过成功的危险，与丧失自信的滋味。那或许堪称你成为胜利者的条件吧。长年使用的视网膜即使恶化，你的人生还是胜利了，这个事实确凿不变。

今后你必定也能够一再克服重大的障碍。但接下来，你只要放松快马的缰绳，顺其自然就行了。

说来容易，做来难。不过，别忘了你是谁，你可是莫奈啊！

致上敬爱　乔治笔

读完信，好一阵子，莫奈沉默不语。披在背上的羊毛披风，随风微微晃动。

“……真是多管闲事。”

幽幽低喃的声音传来。那个声音，带着些许希望。那几乎被微风抹消的一句话，布兰琪确实听见了。

吹来的风已带有冬天的气息。

与莫奈每日外出的布兰琪，早上打开窗户遮阳板的瞬间，已可凭着微风拂面的冰冷程度，感知季节的变换。

当时，莫奈与艾丽斯，以及各自的孩子，一共十口人依旧住在维特伊的出租房子里。艾丽斯的丈夫艾内斯特·欧舍蒂自三年前离开后，把妻子与小孩丢给莫奈就不管了。但这个事实，并未引起悲叹，反而为莫奈与艾丽斯，以及双方的家人带来和平。

艾丽斯对莫奈的妻子卡蜜儿留下的两个儿子视如己出，付出同样的关爱。莫奈也常让出落得越来越美丽的艾丽斯的女儿当模特儿，在户外顺利地继续创作。这是奇妙、却又令人雀跃的共同生活。双方家族虽无血缘关系，却建立了格外深厚的情感。

已经十六岁的布兰琪，比起当模特儿，个性更适合担任助手，但她有时也会在莫奈的恳求下，与妹妹苏珊一同撑着阳伞，任风掀起裙摆，在日光中伫立。向来都是从背后凝视莫奈，现在正面看着他的脸，还真有点害羞，感觉很不可思议。

渐渐地，克劳德·莫奈一点一滴打开了知名度。一如覆盖塞纳—马恩省河的冰霜，开始进入融解的时刻。

在维特伊突然开始的融冰情景，被莫奈以同样的速度一再描绘，那件作品，在巴黎画廊“现代生活”（La vie moderne）举办的展览会上广受好评。从此渐渐有人向他订购作品。他再也不用为当天的面包发愁，画布与颜料也可以放心地大批购买了。每天，他都会去户外的“画室”，有时也会去诺曼底旅行。莫奈终于开始以“莫奈”的身份绽放光彩了。

艾丽斯在维特伊租屋处的狭小厨房中，每天用心烹饪。莫奈起得很早，天气好的话，会在太阳升起的同时出门作画，因此艾丽斯通常会比莫奈更早起床准备早餐。至于打开房间窗子确认天气好坏，早已成了布兰琪的职责。她会努力比母亲起得更早，一边揉着惺忪睡眼，暗自期待老天保佑今天也是好天气，尽责地在每天早晨打开窗子。

早餐是满满的生菜色拉、掺有洋葱及蘑菇的蛋卷、诺曼底知名的奶油与长棍面包，还有热巧克力。午餐主菜是肉，有时间的话就多做一道甜点。晚上很简单，只有起司配面包，以及葡萄酒。

“艾丽斯，我想要一张可以放满你做的菜肴的大桌子。就算是为了这个，我也希望有一天能搬到有大餐室的房子。”

总共十人，就这么挨挨挤挤地围着小餐桌，莫奈如此谈论梦想。

“哎呀，老师，上次您不是还跟我说，您的梦想是‘拥有一个大庭园，能够完全重现野生的花海’么？”

布兰琪有点坏心眼地故意说。莫奈笑了。

“对喔。那就两者都要。”

他如此更正。艾丽斯与布兰琪悄悄相视微笑。

有一天作品会和卢浮宫美术馆的馆藏品挂在一起。成为官方美展的常客。在学院会员名册上挂名。让全世界的大富翁出资赞助。

若是有野心的画家，可能会这么谈论将来的展望。那或许是现实的目标，却不是莫奈的梦想。

布兰琪也同样怀抱着梦想。

无论何时，都陪在老师的身边。全家一起欢笑，围着大桌子共餐。

然后，老师会画出更多更多的作品。自己会在不打扰老师的情况下从旁协助，让足以流传后世的名作诞生。

一晚，孩子们都睡着后，“可以来一下吗？”布兰琪被艾丽斯叫住，带去厨房。炉灶旁，站着眼神不安的姐姐玛特。霎时，布兰琪察觉有什么坏消息降临到自己一家人的身上。

艾丽斯来回审视姐妹俩的眼睛，虚弱地开口：

“克劳德正打算搬家。他好像在普瓦西（Poissy）找到了比这里更大的出租屋。所以，他说希望我们也一起搬过去……”

“我们当然要一起去，对吧？”还没全部听完，布兰琪已两眼发亮、迫不及待地说。

“老师是为我们着想，才去找更大的房子吧？说不定，也有足以放下大餐桌的餐室。”

“你先仔细听完，布兰琪。”玛特制止急着下定论的妹妹。

“老师当然是抱着那个打算。但是，我说，我们不能就这么默默走掉，所以他好像把搬家的事通知了你爸爸。结果……”

回来吧，艾丽斯。

你现在仍是我的妻子。把你们丢给克劳德一走了之，我很抱歉。但是，我也是拼了老命。为了让事业重新上轨道，我现在也在奋斗。

请不要再继续让我一人独处。带着孩子，回到巴黎来吧。

艾内斯特·欧舍蒂寄了信给艾丽斯。他说如果妻小不回来，他只好过来带他们走。看到这封可以视为恳求也可视为威胁的信函后，布兰琪当下愕然。

“他怎么可以……把我们抛下这么久，凭什么讲出这种话？”

母亲与姐姐沉默地垂下眼帘。布兰琪气得浑身发热。

父亲总是如此。开始经营百货店时，收购新人画家的作品时，替孩子们挑选家庭教师时，乃至破产时。每一次，他总是单方面开始，单方面结束。不管当初是如何强势积极地推动，转头说声无可奈何就立刻放弃。全家人总是被父亲耍弄、打乱秩序、抛弃。他甚至单方面闯入别人的家庭，对妻小不闻不问长达三年，现在居然还好意思叫他们回去。

“不要，我不回去。”

布兰琪以颤抖的声音说。无论如何，她都不打算离开莫奈的身边。

“要去的话，妈妈和玛特，还有其他的兄弟姐妹去就好。我要和老师一起去普瓦西，继续当老师的助手。我还要照顾米歇尔。所以……”

“布兰琪，够了！”玛特语带悲痛地再度制止妹妹。

“我们都是一样的心情。包括妈，还有我。可是……”

“为什么？老师不是打算带我们一起走吗？那样有什么不可以？”

“你不懂。”一直沉默不语的艾丽斯，终于开口了。

“巴黎的社交界是很狭小的。克劳德·莫奈公然与前金主的妻小同居，这种事要是被公布周知，你想想看会有什么后果？我们如果不回去，艾内斯特会到处散布什么难听的话？你自己想象看看。”

彷佛被甩了一耳光，布兰琪惊愕地瞪大双眼。

现在刚开始走红的画家爆发丑闻——巴黎的社交界，在华丽的反面，永远渴求刺激。一位画家的未来，想必轻易便可摧毁。

天啊，万一真的变成那样。

一瞬间，双脚被绝望的泥沼困住。布兰琪用双臂紧紧抱住自己的肩膀，极力想让自己不发抖。艾丽斯悄然走近，不发一语地搂住女儿的背。母亲的手臂，也在微微颤抖。

虽然快要被命运的浊流吞没，两个家族还是勉强依偎在一起，努力逆流而上。

好不容易，本来已在触手可及的距离看见微小的光明了。

布兰琪自翌日起，不再陪莫奈外出。莫奈或许是察觉到布兰琪的心情，什么也没问，一个人出门去了。

围绕餐桌的脸庞，倏然失去笑容。莫奈、艾丽斯、尚、玛特、苏珊、以及布兰琪，众人沉默地僵着脸用餐。不知内情的弟妹们，时哭时笑，还是一如往常地吃得到处是食物残渣。那成了他们唯一的安慰。

两个家族，很快就要各奔东西，走上不同的人生道路了。仔细想想，这本是理所当然的。能够同住三年这件事本身才奇怪。

布兰琪拼命想说服自己这样是对的。但是，她越想越忍不住觉得，两个家族能够同居三年的奇迹令人恋恋难舍。

对，那是奇迹——曾经是。

艾丽斯一家，启程前往巴黎的日子就是明天了。冬天的月亮清澄如镜，照亮塞纳—马恩省河畔寒冷的村落。

布兰琪停下打包行李的手，打开窗子准备关上遮阳板。冷空气顿时流入屋内。手扶着遮阳板，布兰琪仰望那纤尘不染的皎洁满月。

这么亮的月光，明天肯定是个好天气。老师大概会一如往常出门去“画室”吧。那时候，我与苏珊，想必正与妈妈一同准备最后的午餐。而玛特，会去雇一辆马车。那将是载着我们七人，奔驰前往巴黎这段长路的马车。

妈妈说，最后的午餐要发挥手艺做得丰盛一点。对，从大家一起同住后，妈妈不时抄写的食谱中选定菜单。虽然平时只能吃面包与蔬菜渣炖的汤，妈妈却说，总有一天要把克劳德的画家朋友全都叫来办个大型午餐宴会，这是为了那一天而准备，所以绞尽脑汁想象出梦幻料理的食谱并一一记下。

前菜吃什么好呢？有了，就做松露炒蛋如何？还是该做老师最爱的起司舒芙蕾呢？

主菜是野味。填塞兔肉，搭配小鹿玫瑰果。

甜点，是上等的开心果绿蛋糕。把她与老师走过的草原碧绿封锁其中，直接烤成蛋糕。

让我们大家，人人展露笑颜，围着小餐桌一同用餐吧。

最后一次围着餐桌。

然后，启程的早晨来临了。

布兰琪在黎明前，一如往常打开遮阳板。东方天空，如融化的桃子冰沙，染上一抹淡淡的玫瑰色。

用完简单的早餐，莫奈像平时一样出门进行上午的创作。不可以送行！布兰琪勉强按捺正欲迈出的脚步。

现在，如果目送老师的背影——一定会忍不住跟着走。会把遮阳伞与颜料盒放在推车上，追随而去。

现在，终于明白。唯有那个，是我的心愿。

追随在老师身后。只有那个心愿，是她渴望付出一生持续下去，唯一的一件事。

已经太迟了。布兰琪用力将涌起的冲动压回心头，走向厨房。

午餐的菜单，远比布兰琪想象中更朴素。奶油焗烤蘑菇，洋葱汤，面包，起司。即便如此，狭小的厨房还是弥漫香气。

“我已经叫了马车，中午会在大马路等我们。”

玛特披着披风走进厨房，如此说道。艾丽斯孱弱地微笑，说声“谢谢”点头。布兰琪发现，自己正在暗想要是找不到马车该有多好。

我回来了——这时莫奈回来了。布兰琪猛然抬头，挤出笑容。

“老师回来了。”

奔向玄关的，不只是布兰琪。艾丽斯、玛特、苏珊，大家争相抢着从莫奈手里接下披风、画架与画布、颜料盒，分头拿着东西去餐室。

“这可真是热烈欢迎啊！往常可没有这种迎接仪式。”

莫奈苦笑着说。

“哎哟，每次我不是都准备了热腾腾的食物等候嘛。”

“今天是奶油焗烤蘑菇喔。老师，快点趁热吃吧。”

大家拚命以笑脸回应。那反而令布兰琪感到落寞。

小餐桌上放满了热气蒸腾的盘子。主位，坐着莫奈。他旁边是艾丽斯，小尚·皮耶尔被她抱在膝上，莫奈的次子米歇尔也依偎在艾丽斯身边。再过去是玛特、活泼好动的洁美娜、精力充沛的杰克、已经像个大姑娘的苏珊、最近一下子长高的尚，以及，布兰琪。

凝视着每一张脸孔，凝视那满面笑容，布兰琪觉得心头满满的。“开动吧”，母亲的声音响起。握叉子的手不禁颤抖，就在她如幼儿般以不稳的动作自焗烤盘舀起一块蘑菇的瞬间。

“玛特，叫马车在大马路等候的是你吗？”

平静的声音响起。布兰琪仰头看着莫奈。右手还紧握叉子，莫奈一径凝视玛特。

“是的。”玛特回答。

“等这顿饭吃完……我们就必须走了。”

这句话化为铅块，重重落入布兰琪的心中。艾丽斯与苏珊默默无语地低下头。

“我已经让马车回去了。”

异常平静的声音再次响起。

布兰琪在一瞬间，怀疑自己的耳朵出了问题。

全体屏息。餐桌鸦雀无声。

“我有个提议。”

这次莫奈以开朗清亮的声音说。

“今后，我们也一起生活好吗？在普瓦西……然后，有一天，一同住在有宽敞餐室及大庭园的房子里。”

“不行！”

突然间，艾丽斯高叫。膝上的尚·皮耶尔吓得浑身一抖。

“如果那样做，我丈夫……艾内斯特还不知会散播什么难听话。你好不容易开始得到认同，我不能让你变成世间的笑柄。”

“对呀。”布兰琪不禁接在母亲后面扬声。

“我们当然也希望和老师一起幸福过日子。可是，如果那样会妨碍老师的创作，那就一点也不幸福了。”

是的。那才是最真实的心情。

布兰琪的眼中，落下一滴泪水。她并不想哭，不想暴露软弱的自己。但在这种时候，布兰琪还没有成熟到可以控制泪水。

莫奈凝视艾丽斯，然后是布兰琪。他凝视布兰琪盈满泪水的双眸。一如那个夏天，初次相见的那瞬间，像在凝视这世间一切般凝视少女时的眼神。

“你们想让我变成幸福的画家吗？”

布兰琪点头。顺势，一滴泪水，滑落脸颊。莫奈的眼睛，蓦然浮现笑意。

“既然如此，方法只有一个。那就是我们家族，今后也共同生活。”

不是两个家族，是作为一个家族。

艾丽斯颤抖的双手掩口。眼泪，霎时已盈满双眼。可是，比艾丽斯先哭出来的，是她膝上的尚·皮耶尔。

“看吧。吓得小皮耶尔都哭出来了。噢乖乖，不哭不哭，吓坏了是吧。没事了，爸爸会陪在你身边。今后，也会永远在一起。”

抱起幼儿，莫奈拚命哄他。然后，悄悄搂住跟着一起哭出来的艾丽斯。全家人不知何时全都哭了。然后，望着彼此哭泣的脸孔，吃吃偷笑，最后转为大笑。

小桌上的奶油焗烤蘑菇，已经完全冷掉了。

但是，毋庸赘言，那盘焗烤，成为莫奈家历史上值得记录的一盘。

“喀当”，邻室传来开窗的声音，布兰琪立刻醒来。

遮阳板透入一丝微光。啊呀糟糕了，被对方抢先了，她急忙从床上起来，披上扔在椅子上的睡袍，敲响通往邻室的房门。

“啊，我已经起来了。请进。”

莫奈的声音响起。布兰琪走进开窗后已彻底流通新鲜空气的莫奈寝室。

“您这么早就开始准备了啊。今天会是好天气吧。”

看着已换上袖口带荷叶边的衬衫与长裤的莫奈，布兰琪说。

“没错。再不快点开始工作，睡莲五点前就会把花苞合拢了。”

他愉快地表示。他还开玩笑说，睡莲打烊得特别早，把布兰琪逗得哈哈大笑。

一九二五年，初夏。睡莲装饰画即将完成，莫奈投入全副精力创作。

白内障手术后又过了两年。症状已稳定，又得到友人赠送精密度超高的眼镜，莫奈再次找回视力与创作心力，得以像从前那样眺望这个世界。有一阵子，画家一直活在只有刺眼光芒弥漫、宛如幻影的世界，如今彷佛得到什么重要的领悟，判若两人地重拾画笔。

只看得到光，莫奈重拾画笔后对布兰琪说。在他失去视力，或许再也看不见任何东西的那个关头，只能看到荡漾的光。

那是什么样的光，布兰琪终究不明白。想必，是只有莫奈这位画家才能知道的，天上的光。

但是，布兰琪想起。

老师忘记他以前也说过同样的话了。是的，发现这个地方——吉维尼时，他非常兴奋，曾经对我们一家人说过。

"我找到一块很棒的土地。那里有光——只能看到光。"

那已是四十年前的往事。莫奈沿着塞纳–马恩省河畔寻找适合写生的场所，偶然间，行经吉维尼堪称野性的荒芜原野，只见到处开满纤弱的小花。路旁是笔直向天伸展的白杨树，农民们在牧场堆起稻草。艾普特河潺潺流过，到处皆可感受到水气，以及阳光的气味。还有一座院中已杂草丛生的老旧宅邸。

“就搬到那里吧！”莫奈狂喜地大叫。

“租下那栋房子，重新粉刷——打造庭园。种满玫瑰、鸢尾花、郁金香，以及其他各种花卉。还有餐室，要放一张可以摆满艾丽斯拿手好菜的大桌子。”

他像少年般两眼发亮，大概是从很久以前就盘算过，他以有趣的具体方式，着迷地谈论将要如何打造房子装潢与庭园的计划。

四十三岁的莫奈，终于得到“梦想”的家与庭园。之后又过了几许星霜，他对这间宅邸不知投注了多少资金、心力与爱情。

一八九一年，来不及迎向新世纪，艾内斯特·欧舍蒂便离世了。一年后，莫奈与艾丽斯在吉维尼大宅完婚。是时莫奈五十二岁，艾丽斯四十八岁，布兰琪二十七岁。除了搬出去独居的杰克与尚，全家人依旧住在一起。自从在维特伊的那场“最后的午餐”，家人之间的感情变得更深厚。

布兰琪在这些年之中曾经一度认真考虑结婚，对象是美国画家，约翰·莱斯利·布雷克。一八八〇年代后半，印象派的作品已获得相当程度的认同，在画商迪朗·吕埃尔的安排下，莫奈的作品也被介绍到美国，获得极大的好评。同时，志向远大的美国画家们——他们多半出自富裕的家庭——为了学习新艺术的潮流，纷纷来到法国留学。布雷克也是其中一人，他与其他数名崇拜莫奈的年轻人，一同寄居吉维尼的民宿。在造访莫奈家的过程中渐渐与布兰琪熟识，终于向她求婚。

结果，布兰琪拒绝了他的求婚。因为她不想看到莫奈寂寞的神色。婚后，如果必须随夫婿去美国，老师恐怕会很失望吧。毕竟，自己可是不收弟子的克劳德·莫奈独一无二的徒弟兼助手。

但那只是表面上的说法。其实，是自己怕寂寞。丢下莫奈与艾丽斯离开吉维尼，这种事她知道自己终究做不到。

与孩子们的成长成正比，也如同日益接近理想的吉维尼大宅与庭园，莫奈的名气越来越大。新时代的来临，以及孩子们一个接一个的独立或者出嫁，也让大宅变得越来越安静。

最后，终于到了布兰琪离开吉维尼的时刻。她要与莫奈的长子尚结婚了。

二人自少年少女时期就一同生活，既像是青梅竹马，也像是真正的姐弟。长大成人后的尚成了优秀青年，布兰琪也不禁对他刮目相看。但她并未把对方视为结婚对象，直到莫奈说："你和尚结婚才能过得最幸福。"她才觉得或许真是如此。

莫奈开口之前她还没发现，但现在她预感，尚将会是一个理想的伴侣。他衷心理解父亲的创作事业，把艾丽斯当成亲生母亲般敬爱，也一同经历过种种困难。况且就算搬离这栋大宅，这里仍是二人的老家，以后还是可以随时回来玩。

四年后，步入二十世纪的这一年，布兰琪与尚成婚了。布兰琪三十二岁，尚三十岁。彼此都是初婚，在世人看来，这个春天甚至来得太晚了。

“你随时都可以回来。而且，不时还要请你当我的助手。”

莫奈亲吻她的两颊，把新娘子紧紧搂进他宽阔的胸怀，叫她一定要幸福。布兰琪就像个好学生似地，含泪回答：“是，老师。”

十四年后。艾丽斯过世，又过了三年，尚也去世了。吉维尼王国的居民，只剩一人，就是莫奈自己。

尚过世后，布兰琪再无犹豫。她的心里，早已决定。

回到吉维尼，与老师一起，再次围坐餐桌前吧。同时，她要再次把遮阳伞与颜料盒放在推车上，一同前往克劳德·莫奈的“画室”。

上午十点三十五分，大宅不多不少响起三次敲门声。

正想对着墙上挂的浮世绘画框的玻璃整理仪容，阿涅丝从旁递来一面手镜。“谢谢。”布兰琪微笑，悄悄抚平扎起的白发。

“您好，总理先生。欢迎光临。”

门外，皱巴巴的脸孔苦笑。“你真是够了。”克里蒙梭一边嘀咕，一边把帽子与手杖交给阿涅丝。

“现在还喊我‘总理’？唉，我退出政坛都已五年了。”

“这等于是勋章。至少请让我如此称呼。”

被这么一说，克里蒙梭只能再次苦笑，但是好像并不反感。布兰琪把克里蒙梭带进莫奈的起居室后，以托盘端来盛装苹果白兰地的杯子。

克里蒙梭拿起躺椅旁的柜子上排放的某个相框打量。布兰琪进来后，“真令人怀念。”他自言自语般说道。

“克劳德，居斯塔夫，艾丽斯，还有你，大家并肩站成一排。我也在后面。”

那是美术评论家居斯塔夫·吉弗鲁瓦与克里蒙梭初次造访吉维尼时拍摄的照片。当时布兰琪还没结婚，经常负责出面款待莫奈的客人。克里蒙梭蓦然笑着嘟囔：

“当时好年轻，我和克劳德都是。胡子还是黑的。”

“我的头发也是呀。”布兰琪也笑了。

“的确。我们的胡子与你的头发都白了。不过，那正是活着的证明。就等于是勋章。”

拿起酒杯，缓缓品尝滋味，克里蒙梭问道：

“你家老师在哪里？”

布兰琪简短回答：“在画室。”

“我去会打扰他吗？”

“再等一会吧。不过，下午可以一起过去。午餐后，直到五点，他会在睡莲池畔的‘画室’继续创作。”

“噢，他在那个‘画室’啊。”

克里蒙梭眯起眼。然后，“嗯？好香的味道。”说着，他朝敞开的窗口转头。

“是啊，现在正逢玫瑰盛开，看起来可漂亮了。还有，紫藤花也是在拱桥上开得很热闹。家父也……”

家父也很想让您看——布兰琪本想这么说，

“不，不是那个味道……今天的午餐，是烤羔羊吧？还有这个是……嗯，是大蒜与橄榄。”

克里蒙梭有点失神。布兰琪悄悄耸肩。

六月的熏风晃动窗边的蕾丝窗帘。午餐的时间，马上就要到了。

*本作执笔时，也参考了其他的大量研究资料。

*本作为根据史实创作的虚拟小说。

初刊杂志

《昴》

美丽的坟墓	La belle tombe	2009 年 7 月号
明星	L'étoile	2011 年 10 月号
唐吉老爹	Le Père Tanguy	2012 年 10 月号
吉维尼的餐桌	À table à Giverny	2010 年 9 月号